光文社文庫

長編推理小説

十津川警部
猫と死体はタンゴ鉄道に乗って

西村京太郎

光　文　社

目次

第一章　猫のいるカフェ

1

先日、西本《にしもと》は、待望の引っ越しをした。警視庁捜査一課で働く西本には、前々から、東京の下町に住んでみたいという希望があった。

それが今回、ＪＲ日暮里《にっぽり》駅から歩いて二十分ほどのところにある、手頃な中古マンションを借りることができて、願いがかなった。

そこは、谷中《やなか》である。最近、東京の下町が再評価されて、谷中、根津《ねづ》、千駄木《せんだぎ》といったこのあたりのことを「谷根千《やねせん》」と呼ぶのだそうだが、西本が好きな下町は、この中の谷中だけである。

西本が谷中を好きなのは、猫が好きだからである。今まで住んでいた都心のマンションでは、猫を飼うことが、禁止されていた。今回の谷中のマンションも、同じように猫は飼えないが、西本は、何かの雑誌で、谷中には、猫が多いということを、読んだことがあったからである。

それが本当かどうか、非番の日に、西本は、散歩に出かけて確かめることにした。

近くに、三浦坂《みうらざか》という坂がある。江戸時代、三浦志摩守《しまのかみ》という大名の屋敷があったところで、坂の途中に、猫の雑貨や猫用品を売っている「ねんねこ家」というカフェがあった。

そこで教えられたのは、このあたりは、野良《のら》猫が多いということだった。たしかに、坂の途中に「猫に注意」という看板が出ている。

そこから五、六分ほど行ったところに「カフェ猫×2」という喫茶店があった。昔、大衆演劇の役者をやっていたという六十歳くらいのオーナーと、二十五、六歳の女性が、二人でやっている、小さな喫茶店である。

カウンターの上には、いつも猫がいた。オーナーにいわせると、この店のフロアマネージャーだという。

お客を怖《こわ》がりもしないが、そうかといって、じゃれついてくることもしない。たしかに、マネージャーという感じがピッタリの猫だった。

猫はもう一四、前に拾ってきたという捨て猫がいて、それで、店の名前が「カフェ猫×

1」から「カフェ猫×2」となったらしい。

そこのチーズケーキとコーヒーがおいしいので、西本は非番の時、時々、その店に行くようになった。チーズケーキとコーヒーのセットが八百円である。それに猫にも会えるのだ。

オーナーの名前は、坂口三太郎《さかぐちさんたろう》、五十代半ばから六十歳の間ぐらいだろうと思うのだが、失礼なので、年齢は聞いていない。

カウンターにちょこんと座っているフロアマネージャーの猫の名前は、弓太郎《ゆみたろう》だと教えられた。何でも、オーナーの坂口が以前、大衆演劇に出ていた時の芸名が、弓太郎だったのだという。

「それにしても、似ていませんね」

コーヒーを飲みながら、西本が、いうと、坂口は、笑って、

「私と弓太郎ですか？　少しは似ているんじゃありませんか？」

「いや、あなたと弓太郎ではなくて、娘さんのほうですよ。今日は、お休みのようですが」

と、西本が、いった。

「今朝早く、風邪《かぜ》を引いたらしく熱が出たので、休みたいと、いってきました。お客さん

にうつしては申しわけないので、今日は休めといっておきました。しかし、娘じゃありませんよ」

と、坂口が、いった。

「それじゃあ、どういう人なんですか？」

「ウエイトレス募集の貼り紙を出していたら、突然、飛び込みで、やって来ましてね。ここで働きたいというのですよ。猫は好きかと聞いたら、大好きだというので、雇うことにしました。もう一年と少し、ここで働いているんじゃないかな。まあ、娘みたいなものです」

と、坂口が、いう。

「そうですか。飛び込みで雇ったんですか？　名前を教えてくれませんか？　声をかけようかと思っても、名前が分からなかったもので」

「野中弥生《のなかやよい》さんですよ」

坂口が、教えてくれた。

「野中さんは、家族と一緒に、住んでいるんですかね？」

「いや、一人住まいだそうですよ」

「どこの生まれですか？」

西本が、きくと、坂口は、笑って、

「お客さんの口調《くちょう》は、何だか、刑事さんのようですね」

と、いわれてしまった。

西本が、黙っていると、

「どこの生まれだとか、家族のことだとか、プライベートなことは、一切、聞かないことにしているんですよ。私にしてみれば、猫が好きならば、それでいいんです」

と、坂口が、いった。

2

十日後に、西本が店に寄ると、店の名前が変わっていた。

今度は、「カフェ猫×3」である。

中に入って、いつものようにチーズケーキとコーヒーのセットを注文した後で、オーナーの坂口に、店の名前のことを聞くと、坂口は、笑って、

「理由は簡単ですよ。猫が、もう一匹、増えたんです」

「私が拾ってきちゃったんです」

野中弥生が、横から、いった。

「昨日、お店の帰りに、道端で悲しそうに鳴いている子猫を見つけて、可哀《かわい》そうになって、つい拾っちゃったんですけど、私のマンションでは、飼えないのです。それで、オーナーに相談したら、二匹でも三匹でも同じだからといってくれて、店で飼うことになったんです」

カウンターの上のケーキの箱にタオルを敷いて、その上に、その子猫は、ちょこんと丸まって寝ていた。

「名前は、もう付けたのですか？」

「いや、まだです。そうだ、西本さんに、付けてもらおうかな」

と、坂口が、いった。

「弓太郎は、そこにいるフロアマネージャーでしたね。もう一匹の名前は、何でしたっけ？」

「パトラです。クレオパトラのパトラ」

と、弥生が、いった。

「一匹目が弓太郎で、二匹目がパトラですか。統一が取れていませんね」

と、西本は、笑ってから、眠っている子猫に、目をやった。

「この子猫は、オスですか、メスですか？」

「まだ分からないみたいですよ」

と、オーナーの坂口が、いう。

「じゃあ、オスでもメスでも、どちらでも合うような名前がいいですね。そうだな」

と、ちょっと考えてから、西本は、

「カオルなんてどうですか？」

「カオルですか。いいですね。じゃあ、それで決まり」

と、オーナーは、いやにあっさり肯《うなず》き、子猫が寝ているケーキの箱に、マジックで、カオルと書いた。

「そんなに簡単に、決めちゃいけないんじゃないですか？　ほかに、もっといい名前があるかもしれませんよ」

西本が、慌《あわ》てていうと、坂口は、手を振って、

「天下の警視庁捜査一課の刑事さんが付けてくれた名前なんだから、尊重しなくちゃね」

と、いう。

弥生が、そばから、ビックリしたような顔で、

「エッ、西本さんって、刑事さんだったんですか？」

と、きく。

「いや、ボンクラ刑事ですよ」

西本は、慌てて謙遜《けんそん》した。

「刑事さんって、いろいろと、調べてくださるんでしょう？　それじゃあ、今度、お願いしようかしら？」

と、弥生が、いう。

今度も、西本は、慌てて、

「いや、私は、捜査一課の刑事ですから、殺人とか、強盗とか、そういう事件しか扱わないんですよ」

「じゃあ、猫がいなくなって、探していただきたくても、無理ということですね」

「ええ、残念ですが、無理ですね」

と、西本が、いった。

ほかには、客がいなかったので、三人で、猫の話になった。

いちばん年上の弓太郎は、でっぷり太っていて、動作がゆったりしている。まだら模様で、いかにも雑種という感じがする。

二匹目のパトラは、これも、雑種なのだが、シャムの血が濃いのか、ちょっと見には、シャムである。

「今回のチビのほうは、どんな猫になるのか、今のところは分からないですね。一見すると、やたらに上品に見えますがね」

オーナーの坂口が、いう。

三人の話し声で、子猫が目を覚まし、か細い声で、鳴き始めた。お腹《なか》がすいたのか。

「パトラが、母親になってくれると、いちばんいいんですがね」

オーナーは、子猫をすくうようにして、パトラのそばに置いた。

子猫のほうは、本能的に、パトラの体にしがみついていく。だが、乳が出そうな感じはない。

それでも、子猫は、乳の出てこないパトラの乳房にすがりついている。弥生が急いでミルクを温めて、子猫に与えた。

それが一週間後に、西本が店に行くと、驚いたことに、子猫のカオルが、パトラの乳を飲んでいた。

オーナーの坂口が、ニコニコしながら、

「ビックリしましたね。パトラの乳なんて、出ないと思っていたんですが、カオルのヤツが、一日中、乳房にしがみついていたら、いつの間にか、出るように、なったんですよ。

パトラも、カオルに乳を飲ませるようになってから、何となく、母親らしい顔になってきましてね。西本さんも、そう思いませんか？」

と、いった。

西本は、それには答えず、どうですかという顔で、弥生に、目を向けた。弥生が名前をつけたパトラだったからである。

弥生は、ちょっと考えてから、

「うらやましい」

と、いった。

「うらやましいですか？」

「パトラは、あっという間に、母親になれたじゃありませんか？　人間は、そうはいかないからうらやましいの」

「人間だって、なろうと思えば、簡単に母親になれるんじゃないかね」

と、オーナーが、いった。

「それは、オーナーが、前にいらっしゃった世界の話でしょう？」

弥生が、笑いながらいう。

「そうだなあ。私のいた劇団じゃあ、急に、女の役者のお腹が大きくなって、一人で、生んで育てたりしていましたよ。あれは、たくましかったなあ」

と、坂口は、いってから、

「どうですか、弥生さん。そういうのは、嫌いですか？」

弥生は、エッという顔になったが、急に、

「弓太郎の、かつお節がなくなったので、買ってきます」

と、いって、店を出ていった。

「怒ったんじゃありませんか？」

西本が、心配して、きいた。

「大丈夫ですよ。彼女は、あんなことじゃ怒りませんよ」

と、坂口が、いう。

「彼女、気の強いところがあるんですか？」

と、西本が、きいた。

弥生のことだと、不思議に、どんなことでも、聞くのが楽しかった。

「正直にいうと、私にも、彼女のことで、いろいろと、分からないことがあるんです。それに、彼女が、何かを隠しているような、そんな気がしているんですよ」

坂口が、西本に、いった。

「何だか、オーナーの話を、聞いていると、本当の娘さんのことを、話しているように聞こえますね。それとも、恋人ですか？　たしか、オーナーは、奥さんを亡くしてから、ずっと独身なんでしょう？」

「たしかに、私は今のところ、ヤモメですがね、だからといって、彼女を、そんなふうに考えたことはありませんよ」

「そうですか」

「それよりも、西本さんは、彼女のことを、どう思っているんですか？」

坂口がきき返した時、弥生が、帰ってきた。

「オーナー、雨が降ってきましたよ」

3

それから、約半月、事件が続発して、西本は、「カフェ猫×3」に行きそびれていた。

久しぶりに非番になって、五月十日、朝起きるとすぐ、西本は、散歩に出かけた。散歩に行く時は、朝食は食べないで、カフェでモーニングサービスのコーヒーを飲み、トーストを食べる。今日も、そのつもりで「カフェ猫×3」に向かった。

　ところが、十時を過ぎているというのに、ドアは閉まったままで、カーテンが下りている。この店は月曜日が定休日なのだが、今日は、月曜日ではない。

オーナーが病気にでもなってしまったのだろうかと心配になって、ベルを押した。

二度ベルを鳴らすと、店の中で、人が動く気配があって、扉が開いた。

元気のない声で、

「ああ、おはようございます」

　と、坂口が、いった。

「今日は、お休みですか？」

「ええ、今日は、臨時休業にしようと思っていたんだが、いいですよ。西本さんなら入ってください」

　坂口は、西本を、店の中に招じ入れた。

　オーナーが、コーヒーを淹《い》れてくれる。

「元気がありませんね？　どうかしたんですか？」

　西本が、きくと、坂口は、目をこすりながら、

「実は、パトラがいなくなってしまったんですよ」

　なるほど、いつもパトラが、自分の座るところと決めている、カウンターの後ろの、籠《かご》

の中に、その姿はなかった。

「それで、元気がないんですか？」

「その上、パトラと一緒に、彼女も、消えてしまったんです」

「彼女って、弥生さんですか？」

「ほかにいますか」

坂口は、怒ったように、いう。

その顔色が、全てを物語っているように見えた。彼女はどんな理由があって、急に、姿を消したのだろうか？

「いつからいなくなったんですか？」

「十日前ですよ。月曜日の休みがあって、次の日に、店に出たら、いつまで経《た》っても、彼女が出てこない。心配になったんだが、彼女の携帯の番号も知らないし、どこに友だちがいるのかも、知りません。ですから、探しようが、なかったんです」

「彼女は、この近くのマンションに住んでいるんでしょう？」

「ええ、そうです。もちろんマンションにも行ってみましたよ。しかし、管理人に聞いたら、マンションにも十日前から帰ってきていないと、いわれてしまって」

「何か書き置きのようなものは、なかったんですか？」

「さっきもいったように、パトラが一緒にいなくなって。それから、入口のところにある黒板に、何か書いてありましたね」

と、オーナーが、いう。

この店では、客が好きなことを書いたり、あるいは、客同士の伝言とか、どんなことでも、自由に使っていい、黒板が置いてあった。その黒板を見ると、歌が書いてある。

「大江山《おおえやま》　いく野の道の遠ければ　まだふみもみず　天《あま》の橋立《はしだて》」

「この和歌は、弥生さんが、書いたものですか？」

「ええ、ほかに、考えようがありませんよ」

「これ、小式部内侍《こしきぶのないし》の歌でしょう？　たしか、小式部内侍の母親は、有名な歌人だから、周りの人間が、その子、小式部内侍の才能を妬《ねた》んで、うまい歌を作っているが、母親から教えてもらっているのだろうといった時に、小式部内侍が、この歌を詠《よ》んだんでしょう。母が遠いところにいるので、母に頼んでも、道が遠いから、まだ歌は届いていない。有名な歌でしょう」

「そのくらいのことは、私も知っていますよ。ただ、どうして、彼女が、この歌を書き残して、いなくなったのか、その意味が、分からなくて、困っているんです」

「この和歌には、地名が、三つ出ている。大江山と生野《いくの》と、天橋立《あまのはしだて》です。ひょっとして、この三つのどこかに、行ったんじゃありませんかね？　例えば、そこに、彼女の実家があったりして」

「なるほど。それなら明日、今、西本さんがいった大江山と生野、それに、天橋立を訪ねてみようと思います」

「私は、申し訳ありませんが、一緒には行けません。いつ、事件が起こるか分かりませんから」

西本が、いうと、坂口は、

「分かっています。私一人で行ってくるつもりですよ」

「弥生さんの写真は、ありますか？」

西本が、きいた。

「たしか、前に、何枚か撮ったことがあるんで、探してみます」

坂口は、店の奥を探していたが、一枚の写真を手にして、カウンターに戻ってきた。

「今年の正月に、ここで撮った写真です。探したが、これくらいしか見つからなくて」

と、坂口が、いう。門松の立つ店の前で、着物姿の野中弥生が写っている。

西本は、その写真を、自分の携帯で写してから、

「私も心配なので、ぜひ、坂口さんに、彼女を、見つけてもらいたいですね。彼女について、何か面白いことでも知っていることがあれば、教えてくれませんか？　今日は、店を閉めているから、お客さんも来ないでしょうし」

坂口は、新しくコーヒーを淹れ、それを西本に勧め、自分もコーヒーを口に運んでから、

「考えてみると、彼女とは、不思議な出会いだったと、思いますよ」

「ウエイトレス募集の貼り紙を出していたら、彼女が突然、飛び込んできたと、いわれましたね？」

「そうなんですよ。前には、店を手伝ってくれていた親戚の子がいたんですが、その子が、急に、辞めてしまったので、それでウエイトレス募集の貼り紙を出したんですよ」

「野中弥生さんが、飛び込みできたんですね？」

「そうです。私でよかったら、ぜひ雇ってくれませんかと、いわれたんですよ。よく見たら、彼女、なかなかの美人じゃないですか？　だから逆に、こっちが、ぜひ、働いてもらいたいと、お願いしたんです」

「それが、一年前ということですか？」

「正確にいうと、一年と、三ヵ月前ですかね」

「猫は、彼女が、ここに来るより先にいたのですか？　それとも、彼女の後から、来たんですか？」

「弓太郎は、前から、ここにいました。パトラは、彼女が拾って、連れてきたんですよ。カオルと同じように、生まれたばかりの、小さな子猫でしたね。それが、見る見るうちに、大きくなって、一年も経つと、あんなに立派なシャム猫に、なりました。ただ、少しばかり、雑種ですがね。純粋なシャムではありません。だから、なおさら可愛《かわい》いんでしょうね」

話している間に、弓太郎が、カウンターから降りてきて、坂口の膝の上に乗った。やはり、弓太郎も、パトラが、いなくなってしまったので、寂しいのだろう。

「誰か、彼女を、訪ねてきた人は、いませんでしたか？」

「いませんでしたね。ただ、変な電話が、二、三回かかってきましたよ」

「変な電話？」

「ええ、一度は、男の声で、そちらで、サンジョウエミが、お世話になっていませんかと、聞かれました」

「サンジョウエミですか？」

「たしかに、そういいました。どういう字を書くのかは、分かりません。あとの二回は無言電話でした。まあ、無言電話というのは、前にも、何回か、かかってきましたがね」

「サンジョウエミという名前ですけど、そのことを、弥生さんに話したことはあるんですか？　こんな電話が、かかってきたが、サンジョウエミという名前を知らないかとか」

「ええ、聞きましたよ。ひょっとすると、彼女の友だちかもしれないと思いましてね」

「弥生さんは、何と答えたんですか？」

「全然知らない、聞いたこともない名前だと、いってましたね」

「それだけですか？」

「今から思えば、ちょっと、顔色が変わっていたかもしれません」

と、坂口が、いう。

「サンジョウエミという名前を、問い合わせてきた後で、二回、無言電話がかかってきたといいましたね。電話には、誰が、出たんですか？」

「私が出ましたよ。何だか、彼女が怖がっていたようなので」

と、坂口が、いう。

「何か、弥生さんのことで、分かっていることは、ありませんか？　どこの生まれだとか、両親はどうしているとか、姉妹のこととか、どんな学校を出ているとか、前に勤めていたのは、どんなところとか、何か、彼女が話したことはありましたか」

西本が、矢継《やつ》ぎ早《ばや》にきくと、坂口は、手を激しく横に振った。

「何も、知りませんよ」

「彼女を採用する時、履歴書のようなものは、書かせなかったんですか？」

「ええ、もらっていません。私自身、そういうものが好きじゃないし、それに、彼女の顔を見ていると、ウソをつくような人間には思えませんでした。あまりあれこれ聞くのは、好きじゃないんですよ」

「彼女が住んでいたマンションの場所は、知っているんですよね？」

「ええ、知っています。だから、彼女がいなくなった後、すぐ行ってみました。一ＤＫの部屋でしたけどね、なぜか、若い女性の部屋という感じではなかったですね。最低限のものは、ありましたけどね。彼女がどこに行ったのかが、分かるようなものは、何もありませんでした」

と、坂口が、いう。

それでも、西本は、マンションの場所を、教えてもらった。

夕方になってから、西本は、坂口が教えてくれた野中弥生のマンションに行ってみることにした。

場所は、地下鉄の根津駅から歩いて十二、三分のところにある、七階建てのマンションだった。中古のマンションである。

その三階の三〇二号室だという。

西本は、管理人に、案内してもらった。相手が、グズグズいっているので、西本は、仕方なく、警察手帳を見せることにした。

案内された三〇二号室は、四畳半のダイニングキッチンに十二畳の洋室がついている。

たしかに、坂口がいっていたように、若い女性の、部屋らしくない。

入口のところにある靴箱には、たった三足の靴しか入っていなかった。

普通なら、洋室には、気の利いた絨毯《じゅうたん》が敷いてありそうなのに、絨毯は、なかった。

洋服ダンスの中を覗《のぞ》くと、こちらにも、五着の服、帽子、そして、ブランドものではないハンドバッグとリュックサックが、一つずつあるだけだった。

野中弥生という女性のことが、分かりそうなものは、何もなかった。生まれたところも、学校も、どんな友だちがいるのかも、これでは分かりようがない。

失望して、西本は、自分のマンションに帰った。

翌日から、西本は、事件に追われた。

世田谷区成城《せいじょう》にある豪邸の中で、一家五人殺しの凶悪事件が発生したのである。金目当てなのか？　それとも、愛憎のもつれなのか。まず、犯人の動機が分からなければ、解決しそうにない事件だった。

容疑者は、やたらに多い。その一人一人を調べていくだけでも、時間のかかりそうな事件である。

西本も、成城警察署に、詰めることになって、谷中の自宅マンションには、なかなか帰れそうもなかった。

世田谷の殺人事件を追いかけながら、西本は、自分の携帯電話に、目をやることが多くなった。野中弥生を探しに出かけた坂口が、もし、何か、手がかりをつかんだら、西本の携帯に知らせてくれることになっていたからである。

しかし、一向に、西本の携帯は、鳴らなかった。

事件の二日目、成城警察署の捜査本部で、西本が疲れた体を、休めていると、突然、亀《かめ》井《い》刑事が飛び込んできて、

「君が住んでいるのは、たしか、谷中だったな？」

と、きく。

「そうですが」

「その谷中でよく行く喫茶店があるといっていたね？　何という名前の店だったっけ？」

「『カフェ猫×3』です」

「その店、火事で焼けたらしいぞ」

「本当ですか？」

「さっき、食堂で、食事をしながらテレビを見ていたら、ニュースでやっていた」

と、亀井にいわれて、西本は、携帯を取り出すと、ニュースを見てみた。たしかに、谷中の三浦坂の近くで、火事があり、何軒かの店が焼けたらしい。

消防署に問い合わせると、火元は「カフェ猫×3」で、その両隣の店も、焼けた。その後、火事の現場から、中年の男性と、猫の死体が見つかったと、教えてくれた。

4

西本が、捜査している事件は、五日目になって、やっと、犯人が逮捕された。成城警察署に設けられていた捜査本部が解散になると、西本は急いで、谷中に向かった。

四日ぶりに帰る谷中である。

自宅には行かず、まっすぐ火事の現場に向かった。

焼け跡に立って、西本は、呆然《ぼうぜん》とした。携帯のニュースでは、あの「カフェ猫×3」が火事で焼失し、焼け跡から中年の男性と猫の死体が見つかったという記事を文字で読んではいたが、実際に現場に立つと、何回も通った喫茶店が、無くなっているのだ。

西本は、消防署に行ってみた。

警察手帳を、見せて、火事の消火に当たったという消防隊員に、話を聞くことが出来た。

「焼け跡から、中年の男性の焼死体と、猫の焼死体が見つかったことは、事実です」

と、消防隊員が、いう。

「それで、焼死体の身元は分かったんですか？」

「まだ確認されていませんが、あの店のオーナー、坂口三太郎さんに間違いないと思われます」

「猫のほうはどうですか？」

「あの店に、猫が、三匹いたということは、聞いています。たぶん、そのうちのいちばん若い猫じゃありませんかね？　そう思っています」

「他に、分かったことは、ありませんか？」

と、西本が、きくと、

「何か分かったか、聞いてきましょう」

そういって、消防隊員は、奥に消えたが、戻ってくると、

「もう、私たちの手を離れて、西本さんたち警察の仕事に、なりましたよ」

と、いきなり、いった。

「どういうことですか？」

「焼死体を調べていたら、背中に、刺し傷が二ヵ所、見つかったそうです」

「つまり、殺されてから焼かれたということですか？」

「そうです。殺人事件ということで、警察の仕事になりましたよ」

西本はすぐ、下谷《したや》警察署に回ってみることにした。ここでも、西本は、警察手帳を見せ、署長に会った。

「身元が、分かりましたよ」

と、署長が、いった。

「血液型、身長、体格、そのほかを、勘案すると、店のオーナー、坂口三太郎に間違いありませんね」

「背中に刺された傷が二ヵ所、あったそうですね？」

「そうです。背中を二ヵ所、刃物で刺されています。一つは、心臓にまで達しているようで、これが、致命傷になったと考えられます。何者かが、被害者を刺して殺した後、あの

店に、火をつけて逃げたと思われます」

と、署長が、いった。

署長と、話をしていると、西本の携帯が鳴った。相手は、十津川《とつがわ》警部だった。

「これから、谷中で起きた放火殺人事件について、われわれが、捜査を担当することになった。すぐ来てくれ」

と、いう。

「現場に、行かれるんですか？」

「そうだ」

「それなら、私も、これから、現場に向かいます」

「今、どこにいるんだ？」

「下谷におります」

「亀井刑事の話では、今回、現場になっている喫茶店の、オーナーと君は、知り合いだそうだな？」

「そうです。その店に、よくコーヒーを飲みに行っていました」

「これから現場に行くから、そこで、君に話を聞きたい」

と、十津川が、いった。

西本が、焼け跡に、行って待っていると、警視庁捜査一課の十津川班が、パトカーを連ねて、やって来た。

西本は、十津川に呼ばれて、焼け跡を目の前にして、十津川に「カフェ猫×3」について説明をした。

西本は、まず、その喫茶店にいた野中弥生という若い女性について、話をした。

「その野中弥生ですが、オーナーの坂口三太郎の話によると、私が話を聞いた日の十日ほど前に、突然、黙って、姿を消してしまったそうです。それで、心配になって、翌日の五月十一日に、丹後《たんご》方面に、彼女を探しに行ってくるといって、話していたのです」

「丹後方面？　どうして、そこなんだ？」

「消えてしまった野中弥生が、店の黒板に『大江山　いく野の道の遠ければ　まだふみもみず　天の橋立』という有名な小式部内侍が詠んだ歌を、書き残しているからです。この歌が、野中弥生の行き先を示しているのではないかと、この歌に出てくる大江山も生野も、天橋立も丹後方面ですから、そこに探しに行ってくると、オーナーは、いっていたんです。その直後、私は、世田谷の、あの事件の捜査に加わってしまったので、坂口三太郎と連絡はとれなくなりました。その後、『カフェ猫×3』が火事で焼失し、焼け跡から男性の死体と、猫の死体が、見つかったことを知りました。中年の男の死体は、オーナーの坂口三太郎に間違いないと、さっき、下谷署の署長から聞きました。それも、二ヵ所も背中を刺されていて、単なる焼死ではなくて、放火殺人の可能性が高いことも、聞きました。これが私の知っていることの全てです」

「君が最後に、焼けた喫茶店のオーナーに会ったのは、五月の十日なんだな？」

「そうです」

「その時に、オーナーは、突然いなくなったウエイトレスの野中弥生という女性の行方を、調べてくる。翌日の五月十一日に調べに行ってくる。そういったんだな？」

十津川が、いちいち、念を押す。

「その通りです」

「だが、オーナーの坂口三太郎は、探しに行っていなかった？」

「そういうことになります。この焼け跡で、背中を刺されて、死んでいたんですから。しかし、それが私には、どうにも腑に落ちないんです。なぜ、自分の店の中で、殺されていたのか？」

「君は、坂口三太郎は、いなくなった、野中弥生を探すために、丹後に行っている筈《はず》だと、思っていたんだな？」

「そうとばかり、思っていました。消えた、彼女のことを、とても心配していましたから、丹後に、行かないはずはないのです」

「だが、行っていなかった」

「それが不思議でならないのです」

「急に店からいなくなってしまって、現在、行方不明になっている野中弥生だが、どんな女性なんだ？」

十津川が、きく。

西本は、携帯に取り込んだ、彼女の写真を、十津川に見せた。

そばから、西本とコンビを組んでいる日下《くさか》刑事が覗き込んで、

「美人じゃないか」

と、いった。

「これは、あくまでも、坂口三太郎の話ですが、今から、一年三ヵ月前に、ウエイトレス募集の広告を出したといいます。店の前に、貼り紙をしただけだそうです。そうしたら、野中弥生が訪ねてきて、ここで、働きたいといったので、採用したのだそうです。これは坂口という人の、信条かもしれませんが、いったん信用したら、相手のことを、根掘り葉掘り、調べたりはしない。そういう人が採用して、彼女は、店で働くことに、なったんです。ですから、名前は知っていますが、彼女について、どこで生まれたとか、両親や兄弟

は、何をしているかとか、そういうことは、一度も、聞いたことがないと、いっていました」

「それを逆に考えれば、坂口は、野中弥生に何かあるからわざと、彼女のプライベートな面は、聞かなかったんじゃないのかね？　男の優しさというやつだろう」

「かもしれません」

「突然、彼女はいなくなったそうだが、誘拐《ゆうかい》の疑いはないのか？」

「今のところ、それは考えられません」

「もう一つの疑問は、いなくなったのは、ウエイトレスとして雇っていた女性だろう？　その彼女がいなくなったからといって、オーナーが、わざわざ探しに行くものかね？　オーナーと女性には、男女の関係があったんじゃないのか？　それなら分かるんだよ。オーナーは独身なのか？」

「奥さんを、病気で亡くしているといいますから、現在は独身です」

「それなら、採用したウエイトレスとできてしまったとしても、おかしくはないな。その点を、君は、どう見ているんだ？」

「私が見たところでは、関係があるような感じは、ありません」

「被害者の坂口三太郎は、どこに住んでいたのかね？」

十津川が、きく。

「一階が喫茶店で、二階に住んでいるといっていました。私は二階に上がったことは、一度もありませんが」

と、西本が、いった。

その二階も、完全に、焼け落ちてしまっている。

「もう一度、確認したいのだが、最後に坂口三太郎と会ったのは、五月十日で間違いないね？」

「はい。五月十日に、久しぶりに非番になったので、散歩に出て、十時過ぎに店に寄りました。そうしたら、入口のドアが閉まっていて、カーテンが下りていたのです。店が休みの月曜日ではないのに、おかしいなと思いながら、ベルを押したら、坂口さんが出てきてくれましてね。中に入れてくれたのですが、その時、店で働いてもらっている野中弥生さんが、突然いなくなったと教えられました。心配になったので、彼女のマンションにも行ってみたのだが、そこにも、帰っていない。それで、ガッカリしていましたね」

「その時、坂口三太郎は、翌日の十一日に、彼女を探しに、丹後に行ってくると、いったんだね？」

「そうです。彼女が書いたと思われる和歌がありましたから。大江山という、例の和歌です」

と、西本は、繰り返した。

「だから、君は、坂口三太郎が、五月十一日に、野中弥生を探しに行ったものと思っていた?」

「はい」

「しかし、五月十二日の火事の時には、坂口三太郎は死んでいた。ということは、丹後方面には、行っていなかったということになるのかな?」

十津川は、首を傾《かし》げた。

坂口三太郎は、野中弥生を探しに、丹後方面に行こうとしていたのか? それとも、途中まで行ったのか? その辺は、よく調べないと断定するのは、危険である。

坂口三太郎の焼死体は、司法解剖のために、大学病院に送られている。その結果によって、少しは、坂口三太郎の十一日から十二日にかけての行動が、はっきりするかもしれなかった。

5

刑事たちによって、現場周辺の聞き込みが行われた。

一方、大学病院での司法解剖の結果、坂口三太郎は、背中を二ヵ所、刃物で刺されており、特に一ヵ所は、心臓まで達していて、そのためのショック死と断定された。死亡推定時刻は、五月十一日の午後十一時から翌午前零時の間である。

ただ、火事が、発生したのは、五月十二日になってからで、そうすると、犯人は、十一日の夜に、坂口三太郎を、殺しておき、翌日の十二日になって、灯油を店に撒《ま》いて放火したことになる。

殺された坂口三太郎の経歴についても、かなり分かってきた。

坂口三太郎は、浅草千束町《あさくさせんぞくまち》の生まれで、両親は、大衆演劇の、小さな劇団をやっていた。

坂口三太郎も、坂口弓太郎の芸名で役者となり、その頃劇団で案内係をやっていた佳代《かよ》子《こ》と結婚、その後、両親のやっていた劇団が潰れてしまい、売れない役者だった坂口は、金を工面して、谷中に喫茶店を開き、妻の佳代子と二人で、営業していた。

その間に、両親が相次いで亡くなり、妻の佳代子も、病死した。

坂口三太郎が、坂口弓太郎という芸名で、大衆演劇の、役者をしていた頃のことを知っている人たちによると、演技は、あまりうまくなかったが、人の好《よ》さが、どんな役をやっても表れていて、そのことで、妙に人気があったという。

「その頃から猫が好きだったね。どこからか捨て猫を拾ってきて、楽屋で飼っていて、父親に怒られていた。それでも猫を捨てるに捨てられず、抱いたままで夜の浅草六区をウロウロしていたのを覚えている」

と、いう声も、あった。

「人がいいのは、たぶん、父親譲りじゃないかね？　劇団を持っていたお父さんも、ある人に騙《だま》されて、大きな借金を作ってしまい、それで劇団を潰したんだから」

と、いう人も、いた。

坂口三太郎のことを知っている人は、たくさんいたが、失踪した野中弥生について知っている人は、ほとんどいなかった。

彼女が住んでいたマンションの管理人に聞くと、次のような返事があって、十津川たちは、首を傾《かし》げてしまった。

「部屋を借りに来たのは、野中弥生さん本人ではなくて、坂口三太郎さんですよ」

と、管理人が、いったのである。

坂口三太郎は、西本に対して、野中弥生が、飛び込みでやって来て、雇ってくれといったのが一年三ヵ月前だと、いっていた。

とすると、その時に、野中弥生のために、坂口は、マンションを、借りてやったことになる。一応、名義は、坂口三太郎になっているから、管理人や、マンションのほかの住民が、野中弥生について、何も知らないといっても不思議ではないのかもしれない。

「カフェ猫×3」が火事で焼け落ち、オーナーの坂口三太郎が殺されたことは、新聞にも大きく載ったし、テレビのニュースでも何度となく報道された。

それを、野中弥生がどこかで見ていたら、警察に、連絡してくるのではないか？　西本は、そんな期待を、持ったが、五月十六日を過ぎても、何の連絡もなかった。

第一回の捜査会議では、犯人の動機が、問題になった。

十津川は、それについて、自分の考えを、三上《みかみ》本部長に話した。

「殺された坂口三太郎ですが、彼を知る人たちは、皆さん、坂口という人間は人のいい人だ。他人に恨《うら》まれることは、まず考えられないと、証言しています。しかし、五月十一日の夜中に、何者かに、背中を二回、刺されて殺されました。その後、犯人は、『カフェ猫×3』に、灯油を撒いて放火して、全焼させてしまっています。それだけを考えると、犯人は、被害者、坂口三太郎のことを、かなり激しく憎んでいたのではないかと、考えられます。また、西本刑事の話によると、坂口がオーナーになっている喫茶店『カフェ猫×3』には、ウエイトレスをやっている野中弥生という女性がいました。彼女は、一年三ヵ月前から、その喫茶店で、働いていたのですが、事件の十日あまり前に、突然、失踪してしまった。坂口三太郎は、五月十一日に彼女を探しに行くつもりで、行き先は、丹後方面だと、熱心な口調で、西本刑事に、いっていたというのです。それを考えると、そのために、殺されたのかもしれません」

「君のいう野中弥生だが、ここにあるのは、彼女の写真かね？」

三上が、きく。

「そうです。西本刑事が、被害者、坂口三太郎に携帯電話で撮らせてもらったものです」

「野中弥生と、被害者の坂口三太郎との間には、何か、深い関係でもあったのかね？」

十津川は、自分では答えず、西本に向かって、

「その点、どうなんだ？」

と、きいた。

「私が見たところでは、二人の間に、何か特別な、深い関係があるようには、思えませんでした。坂口三太郎は、彼女のことが、大変、気に入っていたようで、突然、彼女が姿を消したということに、ショックを受けていたことは、間違いありません。店を休んで、五

月十一日に、彼女を探しに、丹後方面に行ってくるといったのは、ウソではないと、思っています。ですから、なぜ、坂口三太郎が、店の中で、殺されたのか？　私には、不思議で、仕方がないのです。本来ならば、丹後方面に行っているはずですから」

「ほかに何か、気になるようなことがあるのかね？」

三上本部長は、今度は直接、西本に、きいた。

「あの店には、猫が三匹いたのですが、その行方が、気になっています。いちばん古くからいるのが、オスで、弓太郎。二番目がメスで、一見するとシャム猫に見えますが、雑種だそうで、これは、野中弥生が、拾ってきた猫で、名前はパトラです。今回の火事で、焼け跡から焼死体で見つかった猫は、生まれたばかりで名前はカオルです。私が、気になるのは、野中弥生が行方不明になった時に、彼女が名前を付けたパトラが、同じように、行方不明になっていることです。いちばん古い猫で、亡くなった坂口が、フロアマネージャーと呼んでいた弓太郎という猫も、どこかに、消えてしまっています。猫が、今回の事件と関係があるかどうかは分かりませんが、私には、気になって仕方がないのです」

「野中弥生だがね、この女性について、何か分かっているところがあるのか？」

三上本部長が、きき、西本が、答えた。

「今から一年三ヵ月前、それまで働いていた親戚の子が、辞めてしまったので、オーナーの坂口が、ウエイトレス募集の貼り紙をしたら、飛び込みでやって来たのが野中弥生で、なかなか感じがいい女性なので、すぐ採用を決めたそうです。ただ、野中弥生が、自分のことをほとんどしゃべらないので、坂口も、何か事情があるのだろうと考え、生まれた場所とか、家族のこととか、そういうことは一切、聞かなかったと、いっています。ですから、坂口も、野中弥生について、詳しいことは何も分かっていなかったんじゃありませんか」

「いなくなった野中弥生という女性については、ほとんど何も分かっていない。それなのに、オーナーの坂口三太郎は、丹後方面に探しに行くといっていたんだろう？　どうして、丹後方面なんだ？」

「店の中に、黒板があったんです。お客が、伝言を書いたりするのに使っていた黒板ですが、そこに『大江山　いく野の道の遠ければ　まだふみもみず　天の橋立』という有名な歌が書いてありました。この中に、地名が三つ出てきます。それで、大江山とか生野とか、天橋立とか、丹後方面に、探しに行ってみる。彼女が見つかるかもしれないと、坂口は、そういっていたのです」

「これから、どう捜査を進めていくつもりかね？　君の考えを、聞かせてくれ」

三上本部長が、十津川に、きいた。

「半月前にいなくなった野中弥生が、殺人の動機になっている可能性が強いので、さし当たって、彼女の写真を、丹後方面の警察署に送って、探してもらうことにしたいと、思っています」

十津川が、いった。

第二章　猫のいる海辺

1

下谷警察署に、捜査本部が置かれた。

捜査本部の最初の仕事は、現在、行方不明になっている野中弥生の写真を、丹後地方全域の全ての警察署、交番に送り、彼女について、何か知っている人がいないかどうかを調べてもらうことだった。

その一方、刑事たちが、現場周辺の聞き込みを、丹念に続けていた。何者かに殺されて、店に放火された坂口三太郎についての聞き込みがメインになる。

もちろん、野中弥生についても、行方不明の猫二匹についても、同じように、聞き込みが行われた。

そのうちに、一人の刑事が、野中弥生について、信頼できる話を聞き出してきた。それによると、「カフェ猫×3」の常連客の中に、アマチュアの画家がいて、野中弥生の顔を、スケッチしていたというのである。

そのアマチュア画家の名前は、大川修太郎《おおかわしゅうたろう》、七十歳である。六十歳で定年退職した後は、よく旅行をしては、旅行先の景色などを、スケッチしていたという。

いわれてみれば、西本も、大川修太郎という老人に「カフェ猫×3」で、一、二度、会っている。いつもスケッチブックを抱えていた老人である。

西本と日下の二人が、そのアマチュア画家の大川修太郎を訪ねていって、野中弥生について何か知っていることはないかどうかを、尋ねることにした。

大川修太郎は、これまで一度も結婚したことがなく、七十歳の今でも独身で、日暮里駅近くのマンションに、暮らしていた。

二DKの奥の洋室が、アトリエになっている。

西本と日下は、大川修太郎が描いた絵を、何枚か見せてもらったが、アマチュアとしては、かなりの腕前だと、二人は、感心した。

「大川さんは、あのカフェに行って、野中弥生さんを、スケッチしたことがあるそうですね？」

と、西本が、切り出した。

「ええ、描きましたよ」

と、いって、大川は、野中弥生をスケッチした絵を、見せてくれた。

「しかし、あの店の中で、スケッチしたわけじゃありませんよ。カフェが休みの日に、こちらに来てもらって、デッサンしたんです」

デッサンされた野中弥生の絵は、数枚にわたっていて、西本が見てもうまい絵だということが分かるのだが、それよりも、西本が、興味を持ったのは、野中弥生の姿を、そのままスケッチしたのではなくて、平安時代の服装をした野中弥生を描いていることだった。

そのことにふれると、大川は、微笑して、

「実は、アマチュアの展覧会が毎年あるので、今年は、平安時代の若い女性を描いて、応募したいと思っているのですよ。それで、モデルは野中弥生さんに頼んで、こうしてデッサンを何枚も描いてきたのです。しかし、その弥生さんが、行方不明になってしまっているというので、今、ガッカリしているのです」

「野中弥生さんをモデルに描いた女性は、大江山の歌を作った小式部内侍《こしきぶのないし》ですか？」

西本がきくと、大川は、また微笑して、

「そうですよ。小式部内侍です。父親は、橘 道貞《たちばなのみちさだ》、母親は、有名な歌人の和泉式部《いずみしきぶ》です。

大変な美人で、多くの公達《きんだち》に愛されたといわれている女性です。小式部内侍に、あまりにも才気があったので、ねたまれて、丹後に住む母親の和泉式部から歌を教えてもらって、作っているのではないかといわれたことに、反論して、あの大江山の歌を作ったといわれています。野中弥生さんが、あの歌を、好きだったようなので、彼女をモデルにして、小式部内侍を描いてみたい。そう思ったのです」

と、いった。

「十二単衣《ひとえ》のきれいな着物は想像ですか？」

「いや、京都の西陣《にしじん》で作ってもらいました。前から平安文化に関心があったので、去年、二年がかりで作ってもらったのです」

大川が部屋の隅のカーテンを引くと、そこに、絢爛豪華《けんらんごうか》な十二単衣が、飾られていた。

中世の女性のカツラもある。

「高かったでしょう？」

西本がきくと、大川は、

「そうです」

と、肯《うなず》く。

西本は、

「大江山　いく野の道の遠ければ　まだふみもみず　天の橋立」

この歌を書き写した手帳を、大川に見せながら、

「この歌について、野中弥生さんと、話をしたことはありますか？」

と、きいた。

「ええ、デッサンしながら、いろいろと、彼女と話をしましたが、もちろんこの歌についても話しましたよ。小倉百人一首に入っているこの和歌をどう思うかとかね」

「思い出せるだけで結構ですから、どんな話をしたのか、教えてくれませんか？」

と、日下が、いった。

「それが、彼女を探す、参考になりますかね？」

「それは分かりませんが、こちらとしては、どんなことでも知りたいのですよ」

西本が、いう。

「別に、系統だてて、話をしたわけではありません。手を動かしながら、とりとめのない話をしたという感じで、もちろん、この歌のことが中心になりましたけどね」

「野中弥生さんは、この歌が好きなんですかね？」

「そのことは、いちばん最初に聞きました」

「それで？」

「百人一首の中では、この歌がいちばん好きだと、いっていましたね」

「なるほど。ほかには、どんな話を、されましたか？」

「私が、いちばん知りたかったのは、野中弥生さんが、どこの生まれかということでした。ひょっとすると、丹後方面の生まれではないか？　そう思ったので、この歌に関係のある地方で、生まれたのかと、聞いてみました」

「それで？」

「彼女、笑うだけで、何も、答えませんでしたね。ただ違うとも、いいませんでした。だから、丹後の生まれだということは、かなり可能性が高いのではないかと、思いましたよ」

「丹後というと、京都府の北半分を占めますからね。中でも、あの歌に詠まれている大江山とか、天橋立とかですが、この二つについては、彼女は、どういっていましたか？」

西本のきき方が、少しばかり、強すぎたのかもしれない。

大川は、笑って、

「私は別に、ウソ発見器を持って、彼女と、話をしたわけではありませんよ」

と、断ってから、

「天橋立には、私も一度行ったことがあるので、最初に、天橋立について話をしました。しかし、彼女は、私の話にはあまり乗ってきませんでしたね。大江山については、いろいろと話をしましたよ」

と、いった。

「それは、野中弥生さんが、大江山には行ったことがあるが、天橋立には、行ったことがない。そういうことでしょうか？」

「そうかもしれませんし、あるいは、逆かもしれません。天橋立には、何か辛《つら》い思い出があるので、話に、乗らなかったということも考えられますから」

「それで、大江山のほうは、どんな話に、なったんですか？」

「大江山というと、誰もがすぐ思い浮かべるのは、酒呑童子《しゆてんどうじ》のことですよ。だから、鬼について、どう思うのか聞いてみました」

と、大川が、いった。

2

西本も、失踪した野中弥生と殺人事件との関係が想像されるので、彼女が書いた小式部内侍の歌には、関心を持っていた。

あの歌が、野中弥生の行き先を暗示しているのではないか？　それが、西本の強い関心だったから、大江山についても、一応の調べをしてあった。

大江山

京都府北部にある山。福知山《ふくちやま》市と与謝野町《よさのちょう》の境にある山で、標高八百三十三メートル。鬼退治の伝説で有名である。

「大江山の鬼について、彼女と、少しばかり話をしました。実は、鬼というものに興味がありましてね。いろいろと、自分なりに調べたことがあるんですよ」

と、大川が、いった。

「大川さんは、鬼の、どんなことを、調べられたんですか？」

「鬼というのは、中国から来た概念だと思うのですよ。ただ、日本に来てから中国の鬼の考え方とは、少しばかり、違ったものになっていると思うのです。中国では、例えば、鬼籍《きせき》に入るというように、亡くなった人のことを鬼と呼ぶことが、多いのですが、日本の場合は、鬼といえば、怪物を指すことが多いと思うのです。全ての悪というのか、例えば、飢えを持ってくる鬼とか、病気を持ってくる鬼、地獄の赤鬼青鬼、そういった、何やら恐ろしいものになってしまいましたが、その一方で、どこか可愛らしい酒呑童子とか、茨《いばら》木《き》童子とか、牧歌的な鬼になった部分もあります。マンガチックに、角《つの》を生やしたり、虎の皮のふんどしをしたりです。そんな自分の考えを話してから、野中さんは、鬼についてどう思うかと、聞いてみたのです」

「彼女は、どう、答えました？」

「鬼についてどう思うかは、答えてくれませんでした。が、こんなことをいっていましたよ。自分の中には、鬼が棲《す》んでいる。彼女は、そういったんです」

「自分の中に、鬼が棲んでいる。野中弥生さんは、そういったんですね？」

「そうです」

「それは、自分の心の中に恐ろしい鬼が棲んでいる。そう解釈してもいいんでしょうか？」

「それは、私には分かりませんよ。聞いたままを、刑事さんにお話ししたんです。それを、どう解釈するかは、そちらで考えて下さい」

大川は、突き放すようないい方をした。

「猫については、野中さんと、何か話をしましたか？」

日下が、きいた。

大川は、少し考えてから、一枚の写真を持ってきた。

パネルにした写真で、そこには二匹の猫が写っていた。背景は、漁村の風景である。

「この写真を、野中弥生さんに、見せたことがあるんですよ。私も猫が好きだし、どうやら、彼女も猫が好きそうなので、モデルになってもらうのを頼むとき、猫の写真を見せれば、頼みやすくなるのではないか？　そう思いましてね。この写真を、実は、あの店で見せたんですよ」

と、大川が、いう。

「それで、彼女の反応は、どうでした？　喜びましたか？」

西本が、きくと、

「この写真ですが、どこか分かりますか？」

大川が、逆に、西本たちに、きいた。

「背景は漁村ですよね？　そこに、猫がのんびりと暮らしている。そんなふうに見えますが、どこの漁村かは、この写真からは分かりませんね」

「これを見れば、どこの漁村か分かると思いますが」

大川は、そういって、今度は、パネルにする前の写真を持ってきて、二人に見せた。

こちらのほうは、背景が広くなって、漁村の全体が見えるようになっている。

西本は、ニッコリした。

そこに写っている漁村の風景を、前に旅行雑誌で見たことがあったからである。

「一度行ってみたいと思っている漁村ですよ。丹後半島にある伊根町《いねちょう》ですね」

と、西本はいった。

丹後半島の先端にある伊根町には、舟屋《ふなや》と呼ばれる二階建ての家が、ずらりと、並んでいる。二階には、住居があり、一階には、漁船がおさまっている。

「そうです。舟屋で有名な伊根町ですよ。一階が船小屋になっているので、漁から帰ってくると、そのまま船を一階に入れて、二階で寝泊まりするんです。日本でも珍しい様式なので、私は、何回も現地に行って、写真を撮ってきました。ただ、写真の上のほうをカットしてしまうと、舟屋ということが分からなくなってしまって普通の漁村に見えてしまう。それでも野中弥生さんは、パネルの写真を見ても、すぐ、ああ、これは、伊根町ですねといいましたよ。彼女は、この町のことをよく知っているんですよ。もしかすると、この町に住んでいたことが、あるのかもしれないですね」

と、大川が、いった。

「ここには、猫が多いのですか？」

「いえ、ここに限らず、日本中どこに行っても、漁村には猫が多いんです。漁船が帰ってきて、その日に獲った魚を陸揚げする。その時に、小魚が、こぼれますからね。それで、漁村には、たいてい猫が多いんです」

と、大川が、いった。

二人は、大川に礼をいって立ち上がったが、西本が、

「野中弥生さんをモデルにした平安時代の小式部内侍は、最後まで、描き上げるつもりですか？」

「今、迷っているんです。できれば、もう一度、彼女に会って、デッサンしたいのですが、それがダメでも、何とか仕上げて、秋の展覧会には、出品したいと思っているのです。こういう考えは、いけませんか？」

「いや、ぜひとも仕上げて、出品して下さい」

と、いって、西本が、頭を下げた。

3

西本には、野中弥生と、殺された坂口三太郎について、もう一つ疑問に思っていることがあった。

それは、坂口三太郎の、言葉である。

野中弥生について、西本が、坂口三太郎と話をした時に出た言葉である。

彼女は、募集の貼り紙を見て、自分をウエイトレスとして、雇ってほしいといった。あまりにも熱心だったし、ちょうどウエイトレスがいなくて、困っているところだったので、野中弥生のことを、何も知らないままに採用することにした。だから、彼女がどこの生まれで、どんな過去を持っているのかも、いまだに分かっていない。

坂口三太郎は、西本に、こういったのである。つまりあまり親しくないといっていたのだ。

しかし、坂口三太郎は、野中弥生のために、地下鉄根津駅近くにマンションを借りてやっている。

彼女が拾ってきた子猫を、別に文句もいわずに、店で飼っている。

こうしたことを考えると、坂口三太郎が、野中弥生について何も知らずに、いきなり飛び込みで申しこんできたのを、ウエイトレスとして採用したというのは、信用できなくなるのである。

前から知っていたから、彼女を、店で使う気になったのではないのか？

今度の事件で、疑問は、さらに深くなった。

それで、聞き込みに当たっては、西本だけは、その疑問に絞って、話を聞くことにした。

すると、そんな西本の疑問に対する答えのような話を、耳にすることができた。

坂口三太郎がやっていた「カフェ猫×3」の常連客だった老人から聞いた話である。

坂口三太郎は、以前、坂口弓太郎という芸名で、父が主宰していた、大衆演劇の舞台に立っていたことがある。その劇団が、ほかの小劇団と一緒に、日本全国を回ったことがあるというのである。

「私は、彼とは古い付き合いですからね。その時の、巡業の楽しさとか、辛さとかを、彼から直接聞いたことがあるんですよ」

と、その常連客が、いった。

西本は、弓太郎こと、坂口三太郎が、日本全国を巡業していたという話に注目した。

劇団には、ビックリするような二枚目がいたり、美人の女優がいたりするわけではなかったので、大きな劇場を、回って歩くことができず、主に、山陰など日本海側の小さな劇場を回って歩いていたという。

とすると、坂口弓太郎という芸人と野中弥生との接点が、どこかに、あるのではないだろうか？

西本は、そんなふうに考えたのである。

坂口三太郎が所属していた劇団が、ほかの小劇団と合同で、日本全国を回っていたとすれば、丹後地方にも、坂口三太郎は、巡業で足を運んだことがあるのではないだろうか？

その時に、ひょっとすると、坂口三太郎は、野中弥生と知り合ったのかもしれない。

その疑問について、西本が、聞くと、老人は、

「いや、そんな話は、一度も、聞いたことはありませんよ。店のオーナーにも、野中弥生さんにもね」

と、否定した。

そこで、西本は、当時の劇団、名前は卍座《まんじ》だが、その方向から調べてみることにした。

座長は、坂口三太郎の父親で、すでに亡くなっている。当時、娘役で人気があったのは、一色《いっしき》かえでという女優だった。

一色かえでは、今は、三十代になっている筈である。

西本は、一色かえでが、どこで、何をしているかを調べていった。

一色かえでが、今も芸能界で生きていれば、見つけるのは簡単だが、どうも違うらしい。どうやら、劇団が解散した時、その世界から足を洗ってしまったらしいのである。

それでも、西本は、苦労して、一色かえでを探し出した。

彼女は現在、熱海《あたみ》で、コンパニオン会社をやっていた。一色かえでというのは、芸名だったらしく、本名は、金子芳江《かねこよしえ》という名前だったのである。

すぐ、西本は日下と、熱海に飛んだ。

熱海は、今も芸者が健在だが、コンパニオンも、入ってきていて、いくつかあるコンパニオンの会社の一つが、金子芳江の会社だった。

西本たちは、旅館に一泊し、その旅館から金子芳江を呼んでもらった。

西本は、普通の客として、呼んでもらったのだが、金子芳江と会うと、警察手帳を見せた。

さすがに、金子芳江は、イヤな顔をした。商売のことで、咎められるのではないかと思ったらしい。

西本が、

「先日亡くなった、坂口三太郎さんのことをお聞きしたいと思って、来てもらったんですよ」

と、いうと、ホッとした顔になった。

「坂口三太郎さんは、昔、坂口弓太郎という芸名で、卍座という劇団にいましたよね？あなたも一色かえでという名前で、同じ劇団にいらっしゃったんですね？」

西本が、きいた。

「いましたけど、あの劇団、潰れていますよ」

と、芳江が、いう。

「たしか、座長は、坂口三太郎さんの、お父さんでしたね？」

「ええ」

「それで、ほかの劇団と一緒になって、日本全国を巡業して回ったという話を聞いたのですが、間違いありませんか？」

「ええ、本当ですよ。あの頃、ウチのような小さな劇団は、大きな劇場では、興行が打てなくて、何とかして稼ごうと、同じような小さな劇団と一緒に、日本全国を巡業して回っていたんです」

「丹後地方に、巡業に行ったことはありませんか？」

「丹後地方っていうと、京都の？」

「ええ、京都の北のほう、天橋立なんかがあるところですよ」

「ええ、行きましたね。覚えていますよ。たしか、天橋立の近くに、小さな小屋がありましてね。そこで、何回か、やったことがありますよ」

金子芳江が、いった。少しばかりなつかしそうないい方だった。

「その時ですが、三太郎さんも一緒でしたか？」

「ええ、一緒でしたよ。三太郎さんは、役者としては、駄目な人でしたけど、何といっても、座長さんの息子さんですからね」

と、いって、芳江が、笑った。

「その頃、丹後のほうでの人気は、どうだったんですか？」

「浅草とは違って、その小さな小屋に、劇団が来るのは、せいぜい年に一回か二回くらいですからね。そりゃ、モテましたよ」

と、いって、芳江が、また笑った。

「坂口三太郎さんは、どうでした？　モテましたか？」

「そうですねえ。今もいったように、演技がヘタで、あまり人気がなかったんです。でも、何といっても、座長さんの息子さんですからね。遊ぶ時には、座長さんから、かなりのお小遣いをもらっていたから、そんな時には、モテたんじゃないかと、思いますよ」

「それは、地元の女性にモテたということですか？」

「ええ、もちろん」

「それは、座長の息子で、たくさん小遣いを持っていたから。そういうことですね？」

「弓太郎さんって、芝居はヘタでしたが、頭がよかったんですよ。時々、芝居の脚本《ほん》も書いていましたからね。そういう面で、地元の女性たちにモテたんじゃないかしら？　かなりのインテリに見えましたからね」

と、いって、芳江が、笑う。

「天橋立の近くの小さな劇場で、何回かやったといいましたね？　その時、この女性を見かけませんでしたか？」

西本は、野中弥生の写真を、相手に見せた。

芳江は、写真を手に取って、しばらく見ていたが、

「いいえ、全く、記憶がありませんよ」

「その劇場に、遊びに来たか、芝居がはねた後で、坂口弓太郎こと坂口三太郎と一緒に、歩いていたのを見たことは、本当にありませんか？」

と、西本が、きいた。

「見たことありません、全然」

急に、不機嫌な顔になって、芳江が、否定した。

この後、西本と日下が、野中弥生のことをいくら聞いても、芳江は、ほとんど、何も答えなかった。

4

捜査会議で、西本刑事が、金子芳江について調べてきたことを披露した。

「それで、君は、金子芳江という元女優の話を、どう、受け取ったんだ？」

三上本部長が、きく。

「最初は、本当は、何か知っているのに、知らないふりをしていると思いましたよ。しかし、その後で、金子芳江は、野中弥生のことでウソをついていないことが分かりました」

「どうして、分かったのかね？」

「簡単なことです。金子芳江が、過去に何回か、丹後地方に巡業に行ったというのは、数年前のようなんです。ですから、その頃の、野中弥生は、まだ二十代半ばくらいですよ。六十歳をこえた、坂口三太郎と親しくなるはずがないのです。従って、金子芳江が、ウソをつく必要はないわけです」

と、西本が、いった。

西本の説明に、今度は、三上本部長が、眉をひそめて、

「つまり、今の段階では、二人の間に、はっきりした関係は見つからないということなんだろう？　それが分かったというだけのことだな」

「たしかに、本部長のおっしゃる通りですが」

西本が、小さく首をすくめた。

十津川が、そんな西本に、助け船を出すように、

「君は、ほかにも、大川修太郎というアマチュア画家に会って、野中弥生について、いろいろと、話を聞いたそうじゃないか？　それを、本部長にも説明してさしあげてくれ」

西本が、大川修太郎の描いたデッサンを何枚か見せると、三上本部長は身体をのりだして、

「これは明らかに、失踪した野中弥生のある面を、あざやかに示していると思うがね」

西本も、笑顔になって、

「おっしゃる通りです。まず、このスケッチですが、野中弥生は、モデルになることを、嫌がってはいなかったと思います。このデッサンされた表情を見ると、嫌がっているような表情ではないからです。それで、大川修太郎も、彼女をモデルにして、秋の展覧会に平

安時代の典型的な女性として、小式部内侍を描き出品したいと考えたのでしょう。このことは、捜査の手掛かりになると思うのです。また、大川修太郎が話してくれたところによると、大江山の鬼の話をしていた時に、野中弥生は『私の中に鬼が棲んでいる』と、いったそうです。これも、本当の話だと、思っています。問題は、この言葉の解釈なんですが、どう解釈したらいいのか、正直いって、まだ分かりません」

「その言葉の解釈は、それほど難しいことだとは思えないがね」

と、三上が、いった。

「常識的に考えれば、野中弥生の過去に、何か大きく、心が傷つくことがあった。しかし、その件について、自分は、負けたりはしない。心を鬼にして、闘ってやる。あるいは、もっと強く、例えば、相手を殺してやりたい。そんなふうに、彼女は、思っていたんじゃないのか。それを表現するのに、自分の中に鬼が棲んでいると、いったんじゃないのかね？君の話を聞いて、私は、そんなふうに考えたんだがね」

西本は、それに対して、

「たしかに、本部長のいわれる通りだと思います。ただ、問題は、過去に傷つけられたのが、野中弥生自身なのか、自分の親しくしていた誰かが、傷ついたのかが、分かりません。その加害者に会ったら、どうするつもりなのか。そのことと、失踪とどうつながるのか、それが分かりません」

「どうでしょうか？」

と、十津川は、三上本部長に向かって、

「失踪した野中弥生が、何らかの点で、丹後地方と関係があることは、間違いないと思うのです。それで、これから西本刑事と日下刑事の二人を、丹後に行かせて、聞き込みをしてもらいたいと思っているのですが、どうでしょうか？」

「今すぐ、二人を行かせるというが、そんなに急ぐ必要があるのかね？」

「事件が起きてから、すでに、一週間が過ぎてしまっています。今でも遅いと思っているくらいです。ぜひ、西本と日下の二人を、丹後に向かわせたいと考えています。今度の事件に関して、丹後地方全域の全ての警察署、交番に対して、野中弥生と坂口三太郎の顔写真を送っているのですが、今のところ、何の反応もありません。なぜ、全く反応がないのか、そのことも気になっているのです」

十津川が、いうと、三上本部長は、一瞬考えたが、

「分かった。すぐ行ってきたまえ」

と、ＯＫを出した。

5

二人の刑事は、翌日の朝早く、丹後地方に向かった。

まず、新幹線で京都まで行く。

その列車内で、西本は、丹後地方の地図を、熱心に見ていた。

日下が、そんな西本の様子を見て、

「昨日も、その地図を、真剣に見ていたんじゃないのか？」

「最初に行きたいところは、決まっているんだ」

「どこへ行きたいんだ？」

「天橋立だ」

と、西本が、いった。

「しかし、天橋立について、野中弥生は、大川修太郎に聞かれても、何もいわなかったんだろう？　だとすれば、彼女と天橋立の間には、何の関係も、ないんじゃないのか？」

「たしかに、まともに受け取れば、君のいう通りだが、天橋立については、ほとんどしゃべらなかったという、そのことが、逆に引っかかるんだよ」

と、西本が、いった。

「たしか、君が気にしている、小式部内侍の和歌にも、天橋立が出てくるな」

「そうなんだ。失踪した野中弥生は、かなり強く、この歌にこだわっていたようだからね」

「俺みたいな和歌のことを何も知らない人間から見ても、なかなか面白い歌詞だと思うよ」

「どこが面白いんだ？」

「つまり、あの歌は、和泉式部の娘の小式部内侍の才能をねたんだ連中に、丹後にいる母親の和泉式部から、手紙で歌を教えてもらっているのではないかといわれたことに対して、小式部内侍が、歌で反論しているわけだろう？　その文句の中に、『大江山　いく野の道の遠ければ』とある。つまり、小式部内侍が活躍していた頃は、京の都から見て、大江山とか、天橋立とかというのは、やたらに遠いところじゃなかったのかな？　だから、手紙なんて、簡単には届きそうもないような遠いところということになるわけだろう？」

「そうか、そんなふうに、この歌を解釈するのか」

西本が、思わず笑った。

「しかし、何だって、母親の和泉式部は、都から遠く離れた丹後に住んでいたんだろう？

和泉式部は歌人で、都にいたほうがふさわしいのに」

「俺にも、その点は、分からない。夫が丹後に赴任していたのかもしれない。それに有名な歌人でも、都にいるとは限らない。例えば、万葉集の、編纂《へんさん》に関わったという大伴家持《おおとものやかもち》も、国司《こくし》として都から派遣されて、今の富山県に、何年も住んでいたらしい。だから、大伴家持には、都を想《おも》って詠んだような歌が多いんだ」

と、西本が、いった。

「たしか、大伴家持が国司として赴任していた場所に、現在、万葉線という鉄道が走っている。そんな話を、聞いたことがある」

二人の乗った新幹線が、間もなく京都というところで、西本の携帯が鳴った。相手は、十津川警部だった。

「今、どの辺だ？」

十津川が、きく。

「間もなく、京都に着きます」

「それなら、君たちは、そのまま丹後半島に行って、野中弥生と坂口三太郎について調べてくれ」

「そちらで、何かあったんですか？」

「大川修太郎が、自宅のアトリエで死んでいた」

と、十津川が、いう。

西本は、小さなアトリエで、野中弥生について話を聞いた時の大川修太郎の顔の表情や、彼が見せてくれた何枚かのデッサンを思い出していた。

「殺人ですか？」

と、西本が、きいた。

「今調べているところだが、殺人だろうとは思っている。ただ、毒死なんだ。従って自殺の可能性もある。慎重に調べなければならない」

と、十津川が、いった。

「現場の様子は、どうですか？」

「まだ捜査を始めたばかりだからね。今も、いったように、自殺他殺半々だ。被害者の大川修太郎のマンションには、君も知っているように、アトリエが作ってあって、そこで死んでいた。青酸入りのワインを飲んでいる」

「現場の様子を、教えていただけませんか？　気になります」

と、西本が、いった。

「野中弥生をモデルにして描いたと思われるデッサンが、数枚ある。その中には、平安時代の女性の衣装を着たデッサンもあったよ」

「ほかに、写真はありませんか？」

「写真？　これといった写真は、見つからないね。君が来た時には、何か写真があったのか？」

「ええ、パネルにした写真があって、それを見せられました。漁村で撮った写真で、そこには、二匹の猫が、写っていました。丹後半島で有名な舟屋の二階建ての建物が並んだ写真です。一階が、船小屋になっていて、海から直接、船をそこに入れることができます。そして、二階が生活空間になっているという、漁村の写真です。かなり大きな写真ですが、どこにも見当たりませんか？」

「今、亀井刑事たちが調べているが、君がいうような写真は、どこにもなさそうだな。本当に、君はここで、その写真を見たのかね？」

「ええ、見ました。日下刑事も、一緒でしたから間違いありません。その時、大川修太郎が、私たちにどこの写真か分かるかと、きいたんですよ。その写真では、二階建ての舟屋の形が、よく分からないので、どこかの漁村だろうがどこかは分からないと答えました。そうしたら、大川が、舟屋で有名な伊根町の写真だと教えてくれました。あ、それから、その時にもう一つ、大川が教えてくれたことがあったんです」

「どんなことだ？」

「大川は、こういったんです。その写真を、野中弥生に見せたところ、彼女はすぐに、丹後の伊根町の有名な舟屋を写した漁村風景だと、答えたそうです。それで、大川にいわせると、野中弥生は、その伊根町に、行ったことがあるか、それとも、そこで生まれたか、そこに住んでいたかの、いずれかに、違いないというのです」

「大川の話を聞いて、君は、どう思ったんだ？」

「私も日下刑事も、とっさには、風景写真が、有名な舟屋のある伊根町の写真だとは分かりませんでした。それで、大川がいうように、野中弥生は、この伊根町で生まれたか、あるいは、何回か行ったことがあるのではないかと、思いました」

「それなら、天橋立や大江山を調べた後、パネル写真にあったという伊根町にも行ってきたまえ」

と、十津川が、いった。

6

列車が京都に着く。

「間違いなく、野中弥生という女は、丹後地方のどこかと、関係があるんだ。天橋立か、大江山か、伊根町か、とだよ」

西本が、ホームを歩きながら、日下にいった。

二人は山陰本線のホームに向かって、歩いて行った。

特急列車で、福知山まで行き、福知山から、北近畿タンゴ鉄道に乗り換えるのである。

正確にいえば、北近畿タンゴ鉄道の宮福《みやふく》線である。

福知山を出ると、問題の大江駅にも停まる。今回は、そこで途中下車せず、終点の宮津《みやづ》に向かった。

本来なら、宮津で、北近畿タンゴ鉄道の宮津線に乗り換える。乗り換えれば、宮津の次の停車駅が天橋立である。

二人は宮津で降りると、そこからは鉄道は使わず、タクシーを拾って、天橋立に向かった。

そのタクシーの中で、日下が、西本に、いった。

「昔もそうだろうが、今でも、かなり遠いじゃないか」

確かに京都から、かなりの距離である。鉄道がなければ、もっと遠い感覚になるだろう。

天橋立は、この地方では、いちばんの観光地らしく、天橋立の入口には、観光バスが何台も停まっていた。

天橋立の根本のところから、可動式の橋を渡って天橋立に入ることができるようになっている。

日下は、すぐにでも橋を渡って、天橋立に入ったほうがいいのではないかといったが、西本は、反対した。

ここに来たのは、天橋立を見るためではなく、野中弥生の足跡を調べるためである。それならば、まず、天橋立の入口のところで、聞き込みを、やるべきではないかと思ったのである。

日下も、西本の考えに賛成して、二人は、天橋立を、近くから見ることができる喫茶店に入った。

その店の窓から、近くに、天橋立に渡るための橋が見えた。

船が近づくと、その橋がゆっくりと動き、船が通行できるように回転していく。

二人は、客が少なくなったのを見計らって、レジのところに行き、そこにいた女性店員に、野中弥生の写真を、見せて、

「この女性を最近、この辺りで、見かけたことはありませんか？」

と、西本が、きいた。

レジ係の女性は、真剣に写真を見ていたが、

「ごめんなさい。見たことはありません。初めて見る人です」

と、いった。

「この女性の名前は、野中弥生というのですが、この名前を、聞いたことはありませんか？」

「すいませんけど、名前を聞いたこともありません」

二人は、コーヒー代を払ってから、その店を出た。

近くには、土産物《みやげもの》を売る店が並び、その奥に、文殊《もんじゅ》の知恵で有名な文殊菩薩を本尊とする智恩寺《ちおんじ》という寺がある。

二人は、土産物店も、一軒ずつ、当たっていった。

そこにいる従業員一人一人に、野中弥生の写真を見せて、見覚えがないかどうかをきくのである。

智恩寺でも同じだった。寺で働く人たちに向かっても、野中弥生の写真を見せて、同じことをきく。

しかし、どちらでも、野中弥生を見たという話はなかったし、彼女を知っているという声もなかった。

質問は主として西本が担当し、日下はあとで役立つかもしれないということで、写真を撮りまくった。

この後、二人は、天橋立がいちばんよく見えるという、高台にある展望台に向かった。

眼下に、天橋立の全景が見渡せる展望台は、それほど、広いものではなかった。登ったところにも、天橋立の土産物を売る店がある。

西本たちと一緒に、十五、六人の観光客が、展望台に登り、土産物を買ったり、例の股《また》覗《のぞ》きをしたりしている。

長い台のようなものがあって、そこに上がって、若いアベックが、股覗きをしていた。

突然、近くで、猫の鳴き声がした。

西本は、ハッとして、周囲を見回した。今聞こえた声が、本当に、猫の声だったのか、気のせいだったのか、分かりかねたからである。

彼の視線の先で、三十代と思われる女性が、ケージの中から猫を取り出して、それを抱き上げたまま、天橋立に向かって、

「よく見るんですよ。ここが、あなたの生まれたところなんだから」

と、人間にいうように、猫に話しかけている。

西本は、じっと、それに、目をやった。

その女性は、西本たちが探している野中弥生ではない。ただ、気になった。

彼女が、ケージの中に、猫を入れてしまうのを、見計らって、西本が、声をかけた。

「つい気になって、見てしまいました。わざわざ、その中に猫を入れて、天橋立を見せるために、連れてきたんですか？」

西本が、きくと、その女性は、ニッコリして、

「ええ、そうなんですよ。どうしても、見せてあげたくて」

「猫に向かって、ここが、あなたの生まれたところなんだと、いっていらっしゃいましたが、どういうことなんでしょう？」

「この猫は、拾った猫なんです。天橋立の展望台に来た時だけ、変な鳴き方をするんです。それで、ひょっとしたら、天橋立で、生まれたんじゃないかと思って、また、ここに連れてきてみたんですよ」

と、彼女が、いった。

北近畿タンゴ鉄道全駅

〈宮津線〉

西舞鶴
四所
東雲
丹後神崎
丹後由良
栗田
宮津
天橋立
岩滝口
野田川
丹後大宮
峰山
網野
木津温泉
丹後神野
甲山
久美浜
但馬三江
豊岡

〈宮福線〉

福知山
厚中問屋
荒河かしの木台
牧
下天津
公庄
大江
大江高校前
二俣
大江山口内宮
辛皮
喜多
宮村
宮津

第三章　猫と女

1

その三十代の女の名前は、福本紗江《ふくもとさえ》といった。天橋立駅の近くで、食堂を経営しているという。

西本と日下の二人は、何となく、猫についての話を聞きたくて、福本紗江の店に行くことにした。

二人は、福本紗江に同行して、展望台からケーブルカーで下に降りると、傘松《かさまつ》ケーブル下からはバスで、タンゴ鉄道の天橋立駅に向かった。

天橋立駅の近くには、智恩寺がある。智恩寺の前の通りには、門前町のように、何軒もの商店が並んでいる。レストランもあれば、土産物店もある。

福本紗江のやっている食堂は、その中の一軒だった。

二人の刑事は、サンドイッチと、紅茶を注文し、それを食べながら、福本紗江から猫の話を聞いた。

「二年前の、たしか、ちょうど今日でしたよ。この近くの智恩寺にお参りした時、境内《けいだい》で、ケージに入れられた子猫を、見つけたんです。その時、中には二匹、生まれたばかりの子猫が、入っていました。やっと目が開いたくらいの子猫が。可哀そうなので、二匹とも拾ってきたんですけど、ケージに入っていたから、ひょっとすると、飼い主がいて、智恩寺の境内に忘れていったのかもしれない。そう、思いましてね。忘れていったのは、おそらく、この近くの人だろうと思って、時々、猫をケージに入れて、天橋立に連れていき、飼い主を探していたんです。そうしたら、さっき、お二人にお会いした展望台のところで、猫が、やたらに変な声で鳴くんですよ。それで、時々、猫をケージに入れて、あの展望台に行くようにしているんです」

「拾った時は、ケージの中には二匹いたといわれましたね？　もう一匹は、どうしたんですか？」

と、西本が、きいた。

「拾ってから、半年くらいした頃でしたかしら。もう一匹のほうが、突然、いなくなってしまったんです」

「そのいなくなった猫は、今いる猫と、同じ感じの猫ですか?」

「いなくなった猫はオスで、今いるのは、メスなんですよ。でも、親は同じできょうだいかもしれない。どちらかといえば、私は、そのオスのほうが、毛並みがきれいなので好きだったんですが、オス猫って、よくいなくなるんですってね。たぶん、ウチで飼っている間に、好きなメスが見つかったので、一緒にどこかに行ってしまったのかもしれませんわね」

福本紗江が、笑った。

「二匹とも、二年前に拾ったといわれましたね?」

「ええ」

「そうすると、どちらの猫も、今、二歳ということになりますね?」

「ええ。でも、今もいったように、私は、捨てられた猫だとは、思っていませんでした。だって、きれいなケージに入れられていましたもの」

今日、猫が入っているケージは、その時のケージだという。たしかに、真っ赤なケージで、猫の絵が、二ヵ所に描かれていた。

「あの猫の種類は、何ですかね?」

日下が、きいた。

「おそらく、雑種だと思います。だって、二匹の毛の色が違っているし、猫の写真集を見たんですけど、血統のいい猫ではなくて、どう見ても雑種です。それでも、いなくなったオスのほうは、私の見方が、甘いのかもしれませんけど、どことなく、高貴な顔をしていましたよ」

「福本さんは、智恩寺には、よく行かれるんですか？」

「ええ、行きますよ。智恩寺は、臨済宗《りんざいしゅう》のお寺なんです。ウチの宗派が同じなので、時々、お参りしています。それに、あそこのお寺にお参りすると、知恵を授かるといわれているんで、私も、少しは賢くなろうと思って」

と、いって、また、紗江が、笑顔になった。

西本は「カフェ猫×３」の喫茶店からいなくなった二匹の猫のことを、考えた。

メスのパトラは、野中弥生が、拾ってきた猫だといわれていた。もう一匹、オスの弓太郎は、死んだ坂口三太郎が、店のフロアマネージャーだといっていた猫である。

福本紗江が話してくれたように、二年前に拾った子猫、そのオスのほうが、一年半前に逃げてしまったのだという。ひょっとすると、そのオスの猫は「カフェ猫×３」にいた、フロアマネージャーの、弓太郎ではないだろうか？

そんなことをふと考えたのだが、

（あり得ないな）

と、西本は、自分で、自分の考えを否定した。

あれが犬だったら、ここ天橋立から、東京の谷中まで歩いて行っても、おかしくはない。

しかし、猫が、そんな大旅行をしたという話は、今までに聞いたことがない。とすれば、一年半前に、坂口がここに来て連れ去ったのか？

2

二人の刑事は、福本紗江に、伊根町に行く道順を教えてもらい、駅前の営業所で、レンタカーを借りて、一七八号線を、丹後半島の先端にある伊根町に向かった。

そこは、伊根湾に面した漁港である。定置網や一本釣りによる漁が盛んで、そのほかには、魚の養殖も行われているという。

伊根町に入ると、二人の刑事は、交番を探して、そこにいた中年の巡査長から、伊根町について話を聞くことにした。

東京の警視庁から、わざわざ、刑事が二人も来たというので、交番の巡査長は、最初のうちは、戸惑《とまど》っていたが、ここ伊根町で生まれ育ったというだけあって、何でも知っているという感じだった。

伊根町が、全国的に有名になったのは、伊根湾に面した漁師の家の構えが、注目を集めたからだった。

その家は、一階が船場という漁船を収納する船着き場になっていて、二階が、住居になっている。この住宅は、舟屋と呼ばれていて、その独特の形態が、観光客の人気を集めたのである。

「ここは、ほかのところに比べて、猫が多いということは、ありませんか？」

西本が、巡査長に、きいた。

「猫は、たくさんいますよ。たいていの漁村は、そうなんじゃ、ありませんか？　漁から帰ってきた船が、桟橋《さんばし》に魚をこぼすことが多いですからね。おそらく、それを狙って、猫が集まってくるんだと思いますよ」

と、巡査長が、いう。

「この伊根町に、旅芝居の一行が、やってくることはありませんか？」

と、西本が、きいた。

「ここ二年ばかりは来ていませんが、それまで、毎年来ていましたよ。私も、覗いたことがあります」

と、巡査長が、いった。

「この辺では、どこで、芝居をやるんですか？」

「この町に、浦島太郎を祀《まつ》る浦嶋神社（宇良《うら》神社）があるんですが、その神社の近くに、小さな芝居小屋があって、そこで毎年、回ってくる劇団が、芝居をやっていましたね。たしか、ちょうど神社のお祭りの日に合わせてやって来て、芝居を見せていたような気がしますよ」

と、巡査長が、いう。

「あなたが、その芝居を、最初に見たのは、今から何年くらい前ですか？」

「十歳の頃から見ていましたから、そうですね、三十年くらい前ですかね」

「どんな芝居が多かったんですか？」

「いわゆる大衆演劇ですよ。私が見た中で、特に記憶に残っているのは『瞼《まぶた》の母』とか、『一本刀土俵入《いっぽんがたなどひょういり》』ですかね」

巡査長の顔が、少し高揚したように、見えた。

西本は、東京から持ってきた、坂口弓太郎こと坂口三太郎の写真を、巡査長に見せた。

素顔ではなくて、白粉《おしろい》を塗り、役に扮している写真である。

「この人は、本名、坂口三太郎、芸名は、坂口弓太郎といいます。この伊根町にも、巡業に来たことがあると、いわれているんですが、この顔に、見覚えはありませんか？」

巡査長は、しばらくの間、その写真を、じっと見つめていたが、

「申し訳ありませんが、見たことが、あるような気もしますし、ないような気もしますし、どうも、はっきりとは分かりませんね。芸名は、坂口弓太郎さんでしたか？」

「芸名は、そうです」

「私が、はっきりと覚えていないのは、多分、その役者さんは、主役クラスじゃなかったんでしょうね。端役《はやく》の役者さんだと、覚えていませんから」

「この坂口さんは、卍座という劇団にいたんですが、この名前は、どうですか？」

「ええ、劇団卍座という名前は、覚えていますよ」

巡査長が肯いた。

「この人は、演技は、はっきりいってヘタだったらしいのですが、劇団卍座の座長の息子だったんで、かなりお金を、持っていて、同じ仲間の役者たちに、奢《おご》っていたそうなんです。そういう話を聞いたことはありませんかね？」

西本が、いったが、巡査長は、なかなか思い出せないらしく、盛んに首をひねっている。

西本は、当時、一色かえでという芸名で、娘役をやっていた役者の写真を、巡査長に、

見せた。

その写真を見るなり、巡査長は、すぐに大きく肯いて、

「ああ、この役者さんでしたら、よく、覚えていますよ。なかなか色っぽい役者さんでしたし、立ち居振る舞いが派手なので、この伊根町でも、人気がありましたからね」

「私たち警視庁捜査一課では、東京で殺された、坂口三太郎という、今いった、写真の男について、調べているんです。猫と女性が絡《から》んだ殺人事件ではないかと、思っているのです」

「しかし、申し訳ありませんが、この写真の役者さんには、全く見覚えがないのですよ」

巡査長が、繰り返す。

「巡業に来た役者さんと、伊根町の女性との間に、何か、トラブルが起きたことはありませんか?」

西本が、きいた。

「いや、それは、絶対に、ありません。私は、二十年間ずっと、この交番に、勤務していますが、そんな問題が起きたことは、ただの一度もありません」

と、巡査長が、いう。

「そうですか、それならいいのですが。よくあるじゃないですか、田舎の町に、大衆演劇

の劇団が、巡業で、やって来る。その公演を見た、村の娘が、舞台の役者に憧れてしまって、その役者が、よその町に移っていく時に、その娘も、一緒についていってしまった。そんな話をよく聞くんで、もしかしたら、ここ伊根町でもと思って、聞いたんですが。そういう話は、ありませんか？」

「こんなふうに申し上げては、申し訳ないんですが、お二人が考えていらっしゃることは、少しばかり、古すぎるんじゃありませんかね？　たしかに、劇団が回ってくると、今でも、この町のみんなは、喜んで見にいってますよ。しかし、この伊根町にも、テレビがあるんです。一台ではなくて、どこの家にも、二台三台とテレビがあります。今は、そういう時代になっているんです。テレビを通して、芸能界のことも知っているし、いわゆるイケメンと呼ばれる若い俳優たちのことだって、よく、知っているんですよ。ですから、劇団の役者に夢中になって、その男についていき、町から消えてしまったなんていうのは、一昔前の話ですよ。昔ならいざ知らず、今の時代には、考えられないんじゃないですかね？」

と、巡査長が、いった。

この日、西本と日下は、伊根町にある民宿の一軒に泊まることにした。

夕食の後で、西本が、東京の十津川警部に、携帯で電話をした。

天橋立で出会った福本紗江という女性のこと、猫のこと、そして、今、伊根町に来ていて、交番の巡査長と、話をしたことを、そのまま伝えた。

「私たちは、丹後半島の先端にある漁村の女だから、巡業で回ってきた役者に惚《ほ》れてしまい、その役者と一緒に村を出ていくのではないかと、簡単に考えていましたが、よくよく考えてみると、たしかに、巡査長のいう通りかもしれません。ここの人たちだって、テレビで、東京とか大阪の芸能人のことをよく知っているんですよ。ですから、昔のように、旅の役者にくっついていくってことは、なくなったのかもしれません」

西本が、いうと、

「私も、たしかに、その巡査長のいう通りだと思うね」

十津川も、肯いた。

翌朝、二人は、民宿の朝食を食べながら、これまでに聞いた話を、反芻《はんすう》していた。

智恩寺の境内で地元の女性が捨て猫を拾ったことと、劇団卍座が、この伊根町の芝居小屋へ、毎年のように巡業に来ていたこと。この二つのことが、分かった。

どちらも、東京で起きた殺人事件と結びつきがありそうな話である。

しかし、逆にいえば、よくある話で、繫がりはないのかもしれないのだ。

朝食をとっているところに、小さな猫が入ってきた。

民宿の女将《おかみ》さんは、

「お客さんがいるんだから、ダメ！　帰りなさい」

その猫を、叱りつけ、家の外に放り出してしまった。

「このあたりには、何匹も野良猫がいるんですよ」

女将さんが、いった。

「それは、土地の猫というわけですか？　特定の飼い主は、いないが、この町全体で、何匹かの猫を、飼っている。そういう感じですかね？」

西本が、きくと、

「そうかもしれませんね」

と、いって、女将さんが、笑った。

「いつも、家に入ってきたりするんですか？」

「ここの猫たちのねぐらは、浦嶋神社だといわれているんですよ。あそこの神主さんが猫が大好きで、エサを与えたりして可愛がっているんで、朝になると、食事をしに、あちこちから、猫がたくさん集まってくるんですよ。図々しい猫になると、今の猫みたいに、座敷まで上がり込んでくるんですけどね。困ったもんですよ」

と、いいながらも、女将さんの顔は、嬉《うれ》しそうだった。

朝食を済ませると、神社のそばにあるという芝居小屋を見に行った。

交番の巡査長は、ここ二年ほど、劇団がやってこなくて、芝居を見ていないといっていたが、芝居小屋自体は、きれいに掃除が行き届いていた。そんな様子を見ると、相変わらず、この伊根町の人たちは、劇団が、巡業にやって来るのを心待ちにしているのかもしれないと思った。

西本と日下は、七十歳になるという、山岸徳太郎《やまぎしとくたろう》という、芝居小屋の小屋主に会った。

小屋主の山岸徳太郎は、二人に、膨大《ぼうだい》な数の写真が貼ってある、何冊ものアルバムを見せてくれた。

山岸徳太郎は、三十歳の時、父親からこの小屋を任されて以来、七十歳の今日まで、ずっと、巡業に来る劇団の面倒を、見ているのだという。

二人の刑事は、その膨大な数の写真が貼られたアルバムを、一冊ずつ、念入りに、調べていった。

「あった、あった。ありましたよ」

日下が、先に、声を上げた。

彼が見ていたアルバムのページには、劇団卍座が『瞼の母』の芝居をやっているところが、何枚かの写真に収めてあった。

そこには、坂口弓太郎こと、坂口三太郎は、写っていなかったが、女優の一色かえでは、堂々と写っていた。

ページを丁寧《ていねい》に見ていくと、坂口三太郎が、町人姿で写っているのが見つかった。

小屋主の山岸徳太郎が、役者たちと一緒に写っている写真も、何枚かあった。

西本が、小屋主の山岸に、坂口三太郎の写真を見せて、

「この町人の格好《かっこう》をして、写っている役者ですが、覚えていらっしゃいますか？」

と、きいた。

「ああ、この人ね」

山岸は、ちょっと笑ってから、

「とにかく、芝居のヘタな役者さんでしたよ。ただ、何というのかな、人の好さが芝居に表れていて、それが、お客さんにも気に入られていたようで、それなりの人気はありましたよ。座長の息子だというので、芝居が終わった後で、仲間を引き連れて、よく飲みにいっていましたね」

「この卍座という劇団は、毎年のように、この伊根町に来ていたようですね」

「ええ、そうです。毎年来ていましたね。もちろん、この伊根町だけに、来ていたわけじゃなくて、各地を回って、この伊根町に来ていたんでしょうがね」

「この劇団が、この伊根町で、何か問題を起こしたことは、ありませんでしたか？」

と、日下が、きいた。

「問題っていうと、やはり、男と女の問題ですかね？」

と、山岸が、きく。

「そうです」

「いや、そういうことは、一度も、ありませんでしたね。もし、劇団の役者と、伊根町の女とが問題を起こしたりしたら、次の年から、その劇団は、伊根町には、呼んでもらえなくなりますからね。そんなことになったら、劇団としては、死活問題でしょうから、座長は、劇団員たちに向かって、絶対に、地元の女との間に問題を起こすなと、いつも口を酸《す》っぱくしていってましたよ。だから、役者たちも、自重していたんじゃないですかね？」

「この卍座という劇団は、毎年、この伊根町に来ていたわけでしょう？」

「そうです」

「だとすると、別に意識しなくても、劇団の男と、町の女とが親しくなる、そんなケースもあったのではないかと思うんですが」

「たしかに、人気のある役者さんには、おひねりというのですか、お金を紙に包んで、放り投げたりはしていましたが、事件なんかは、全くありませんでしたよ」

「本当に、ありませんでしたか？」

「私が知る限り、一度も、ありません」

山岸は、きっぱりと否定した。

「ほかではどうでしょう？」

西本が、きく。

「ほかといいますと、ほかの場所でということですか？」

「毎年、劇団卍座は、この伊根町に来て、公演していた。当然ほかの町でも、同じように、芝居をやっていたわけでしょう？　例えば、この先の鳥取《とっとり》とか、あるいは、ここに来る途中の、福知山なんかでも、芝居をやっていたんじゃないかと思うのですが、そこで、何か、問題を起こしたという話を聞いたことはありませんか？」

「いや、それも、聞いていませんね。私は、ここの小屋主で、ほかの場所のことは、知らんのですが、もし、そんなことがあれば、ウワサになって聞こえてくると、思うのですが、そんなウワサを耳にしたことは、一度もありません。だからほかでもなかったんじゃありませんかね」

山岸は、少しばかり怒ったような口調で、いった。刑事の質問が、しつこかったからだろう。

「ここで芝居をやった時には、役者と一緒に、酒を飲んだりするんじゃありませんか？」

「そういうことは、もちろん、ありますよ」

「そんな時に、役者たちの間から、いろんな話が出るんじゃありませんか？　毎年のように来ていた役者の一人が、突然、来なくなった。どこかの町で、そこの女と問題を起こしてしまったので、来られなくなってしまった。そんな話はありませんでしたか？」

「いや、ありませんでしたね」

「劇団卍座ですが、毎年のように、この伊根町にやって来ていたんでしょう？　それだけ人気があったということになりますね？」

「ええ、人気はありました。卍座の公演を、毎年、楽しみにしている人がたくさんいましたからね」

「劇団が、ある町で興行を打つ時には、主だった役者たちが、町に呼ばれてごちそうになったり、有力者の家に泊まったりすると聞いたことがあるんですが、伊根町でも、そんなことがありましたか？」

「たしかに、町の有力者の中には、芝居が好きな人間も、いますからね。劇団が来ると、競い合うようにして、家に呼んだり、酒をおごったり、ご祝儀《しゅうぎ》を渡したりしていましたけどね」

　と、いった後で、山岸は、ことさら、力を込めて、

「だからといって、伊根町の女と役者が、問題を起こしたことは、一度も、ありませんでしたよ」

ここに来て、西本は、

（おかしいな）

と、首を傾げるようになった。

交番の巡査長は、ことさらに、伊根町の女と劇団の男との間には、何の問題も、なかったと強調した。

民宿の人間もである。

そして、この芝居小屋の小屋主、山岸徳太郎も、同じように、何の問題も起きていないと、強調した。

西本は、その否定の仕方が、何かおかしいと、思い始めていたのである。

山岸に礼をいって、小屋を出ると、西本は、日下に向かって、

「少しおかしいんじゃないか？」

と、声に出して、いった。

「おかしいって、何が？」

「毎年、巡業に来ていた卍座という劇団の役者と、この伊根町の女との関係だよ。交番の

巡査長も、民宿の人間も、そして、芝居小屋の小屋主も、ことさら何の問題もなかったと、盛んに強調していた。何か不自然じゃないか？」

「俺は、別に、不自然だとは思わなかったがな。だって、問題を起こしたら、次の年から、ここで、芝居ができなくなるんだからな。特に座長が、役者たちに絶対に、問題を起こすなといっていたというのも、肯けるんだよ。だから、今までに、何の問題も、起きなかったんだよ。そう考えれば、別に、不自然なことじゃないだろう」

と、日下が、いう。

「俺は、そんなふうには、思えないんだがね」

「疑問を持つのはいいが、どうやって、それを、証明するんだ？」

「だから、これから、町役場に行ってみようと思っている」

町役場に向かって歩きながら、

「もう一つ、俺は、猫のことが気になるんだ」

と、西本が、いった。

「しかし、君が、東京の『カフェ猫×3』で見た、フロアマネージャーの猫と、天橋立で、地元の女性が、ケージに入れていた猫は、別の猫だよ。同じ猫じゃない。オスとメスだ」

「そんなことは分かっている。俺が気になるのは、いなくなったという、もう一匹の、猫のことなんだ」

と、西本が、いった。

町役場では、西本と日下が、最初から警察手帳を見せて、町長から、話を聞くことにした。

西本は、野中弥生の写真を、まず、町長に見せて、

「この女性ですが、ひょっとして、この伊根町の、住民ではありませんか？」

町長は、ちらっと、写真に目をやった後で、首を横に振った。

「違いますね。伊根町の人間じゃありませんよ」

「この女性の、名前は、野中弥生というのですが、その名前にも、心当たりは、ありませんか？」

「残念ですが、全く、ありません」

「そうですか。ところで、現在、伊根町の人口は、何人ですか？」

「二千四百六十六人ですが、それが、どうかしましたか？」

「その中に、二十代の女性は何人くらいいますか？　できれば、彼女たちの住民票を見せていただけませんか？」

西本が、いった。

その言葉に、町長が、少しばかり、きつい顔になった。

「なぜ、住民票を見せなければいけないんですか？」

「東京で、殺人事件が、発生しましてね。われわれは、その捜査に当たっているんです。もちろん、この伊根町の人が、犯人だとは考えていませんが、この町の若い女性が、事件と関係しているのではないかという、疑いがあるのですよ。それで、ぜひ、二十代の女性のリストがあれば、それを見せていただきたいのです」

と、西本が、頼んだ。

殺人事件の捜査と聞いて、町長は慌てて、職員の一人を呼び、伊根町の、二十代の女性のリストを、持ってこさせた。

リストによると、その人数は、五十八人となっている。

西本と日下の二人は、リストを丁寧に見ていった。

しかし、野中弥生という名前は、その中には、見当たらなかった。

「このリストですが、結婚して姓が、変わった女性も、当然、入っていますよね？」

西本が、町長に、きいた。

「もちろん、入っています」

「結婚した女性について、旧姓も教えて下さい」

西本が、粘る。

町長は、さすがに、ちょっと、イヤな顔をしたが、それでも、また職員の一人を呼んで、リストの中に、旧姓を書き入れるようにいった。

十五、六分して、それが終わると、もう一度、西本と日下の二人が、リストの名前を見ていった。

結婚している二十代の女性は、全部で二十六人だった。しかし、その旧姓を調べていったが、そこにも、野中という名前は、見つからなかった。

「参ったな」

と、西本は、つぶやいた。

西本は、町長に、捜査協力の礼をいった後で、

「天橋立駅にも、ここにも、『天橋立を世界遺産に』というポスターが、貼ってありますが、世界遺産に登録する運動をされているんですか？」

少しばかり、関係のないことをきいた。

それでやっと、町長の顔に、笑いが浮かんだ。

「私は、自分が、町長のうちに、何としてでも天橋立を、世界遺産に登録してもらいたいと思って、運動をしているんですよ。何しろ、天橋立は、日本三景の一つですし、京都市

内と丹後地方の間の交通面が見直され、京都が、ぐっと近くなりました。その京都はすでに世界遺産ですからね。天橋立が世界遺産になったら、素晴らしいじゃありませんか。ぜひ、東京の人にも、この運動に参加していただきたいと思っているんですよ」

町長は、さっきとは打って変わって、急に、雄弁になった。

「よく分かりました。東京に帰ったら、私たちも、ぜひ、その運動に協力させていただきますよ」

西本と日下は、それを機会《しお》に町役場を出ることにした。

そのあと港まで歩いていく。

漁に行っていた船が、帰ってきたところだった。

その頭上には、何十羽ものカモメが、飛び交っている。桟橋には、落ちた魚を狙っているのか、野良猫が、何匹も集まってきていた。

西本は、桟橋にしゃがみ込んで、猫の群れを見ていた。

日下も、そばにしゃがんだ。

「猫は、犬のように、遠いところを、歩いてはいかない」

と、西本が、つぶやく。

「猫は、家に居つくんだ」

「もし、この丹後半島から、猫が東京まで運ばれたとすると、どんな場合が、考えられるだろうか？」

「この伊根町で子猫を拾った人が、それをケージに入れて、東京まで運んでいく。それで伊根町の猫は、東京の猫になってしまうんだ」

「当たり前だ。人間の手で、運んでいったんならな」

「殺された坂口三太郎が、ここで子猫を拾って、東京に運んで、あの『カフェ猫×3』の喫茶店で飼っていたとすると、どうなるのか？」

「バカだな」

と、日下が、笑った。

「坂口三太郎は、卍座の劇団員として、毎年のように、伊根町にやって来ていたんだ。そのことは、誰も否定していないじゃないか？　だから、彼が、ここで、子猫を拾い、ケージに入れて、東京の谷中に持ち帰ったことも、十分に考えられるよ。問題は、それが、殺人事件と、いったい、どんなふうに、関係しているかということだ。猫のせいで殺人事件が、起きたというわけじゃないからね」

と、日下が、いった。

桟橋に、留まっていたカモメの群れが、一斉に飛び立った。誰かが、脅かしでもしたのだろうか。

「やっぱり、猫と坂口三太郎と、そして、この町は、関係があるんだ」

と、西本が、いった。

「もし、関係が、あったとしても、殺人事件の解明には役に立たないと、いっているじゃないか」

と、日下が、いっても、西本はつぶやきを、止めなかった。

「坂口三太郎が、ここの小屋で、芝居をやっている時に、生まれて間もない、可愛らしい子猫を見つけた。オスとメスの二匹の子猫だ。それをケージに入れて、東京に、持って帰ろうとした。ところが、文殊の知恵で有名な智恩寺に参詣した時、ついうっかり、そのケージを、境内に置き忘れてしまった。その後、天橋立駅の近くで、食堂をやっている福本紗江が、ケージに入っている二匹の子猫を見つけて、自分で飼うことにした。一方、猫を忘れてしまって、東京に帰った坂口三太郎は、猫のことが、心配になって、一人で、天橋立にやって来た。そして、智恩寺の境内を探した。その時に、福本紗江が飼っていた二匹の子猫のうちの一匹が逃げ出して、たまたま、智恩寺に来ていた坂口三太郎に見つかった。見覚えのある子猫だから、坂口三太郎は、喜んで、その子猫を東京に持ち帰った。そう考えれば、十分にあり得る話だと思うよ」

と、西本が、日下を見た。

日下が、苦笑する。

「だから、さっきからいっているじゃないか。この伊根町で、生まれた子猫を、坂口三太郎が拾って、東京に連れて帰って、谷中の喫茶店で飼い始めた。そういうストーリーは、十分に成立するって。問題は、猫の話と殺人事件とが、どう結びつくかだろう？　結びつかなければ、猫の話なんか、何の役にも、立たないよ」

と、日下が、いった。

「そうかな、結びつかないかな」

「今のところは、全く結びついていない」

日下が、強い口調で、いう。

それで西本は、また、ひとり言の世界に、入ってしまった。

「猫は、この伊根町から、東京に移動した。坂口三太郎が、その猫に劇団員だった頃の自分の芸名から弓太郎と名づけ、自分が経営する谷中の『カフェ猫×3』のカウンターに座らせて、フロアマネージャーにしていた。今回、事件が起き、坂口三太郎は、何者かに、背中を二ヵ所刺されて死んだ。犯人は『カフェ猫×3』に火をつけて、どこかに逃亡した。坂口三太郎の死体が、焼け跡から発見され、三匹の猫のうち、いちばん小さな猫は死んでいたが、フロアマネージャーの弓太郎と、野中弥生が名前をつけたパトラの二匹は、ともに、行方不明になった。事件の起こる少し前に野中弥生が失踪したのは、彼女が犯人ならば、十分に納得がいく。しかし、二匹の猫は、どうして、消えてしまったのか？　猫が犯人だということは、考えられないから、野中弥生が、その二匹を連れて、どこかに逃走したのだろうか？」

「そこで、行き止まりだよ」

日下の声が、西本のひとり言に入ってきた。

「もし、二匹の猫が、今回の事件に、関係していたら、野中弥生の共犯になってしまう。そんなバカなことは、いくら何でも、考えられないだろう？」

「たしかに、猫が、共犯ということは、考えられないな」

西本は、ひとり言から、日下との会話に、戻ってきた。

「猫が、殺人を手助けしたなんてことは、あり得ないが、野中弥生と猫二匹が、ほぼ同時に姿を消したことは、間違いないんだ」

これは、自分に、いい聞かせるように、いった。

「これからどうするんだ？」

「ああ、調べたいところは、もう、どこもない。だから、いったん東京に帰ろうと思っている。ただ、その前に、もう一度、あの猫に会いたいんだ」

と、西本が、いった。

「あの猫って、福本紗江という女性が、飼っている猫か？」

「ああ、そうだ。その猫に会ってから、東京に帰りたい」

と、西本が、いった。

3

二人は、レンタカーで、天橋立駅に向かい、車は、駅前の営業所に返し、そのあとで、福本紗江のやっている食堂に入っていった。

二人が、カレーライスを注文すると、福本紗江が、奥から出てきて、

「まだ東京には、お帰りじゃなかったんですか？」

と、いう。

「これから帰ります。その前に、あの猫に会いたいと、思いましてね」

西本がいうと、福本紗江が笑って、猫を連れてきた。

生まれて二年のメスの猫である。身体の白い部分が大きく、そこは、きれいなのだが、

雑種だから、薄鼠《うすねず》色の毛が、混ざってしまっている。それでも、顔は、十分に可愛かった。

「この猫の名前は、何というんですか?」

と、西本が、きいた。

「まだ名前は、つけてないんですよ」

「どうしてですか?」

「この子は、もう一匹のオス猫と一緒に、智恩寺の境内で拾った猫でしょう? もともと、飼い主さんがいたはずなんですよ。もし、飼い主さんが現れて、この猫を返すということになったら、私が、飼い主さんがつけていたのと違う名前をつけてしまったら、可哀そうでしょう? だから、名前をつけないままにしてあるんですよ」

と、福本紗江が、いった。

「今から二年前に、智恩寺の境内で拾ったと、おっしゃいましたね? 二匹の幼い猫が、あのケージに入って置き去りにされていたと」

「ええ」

「それから、天橋立の展望台に連れていくと、変な声で鳴くといいましたね?」

「ええ。だから、ひょっとすると、飼い主さんがいて、ケージに入った子猫二匹を、天橋立の展望台に連れていったことが、あるんじゃないか? そこで、しばらく休んでいたんじゃないか？　そんなことも考えてるんです」

「その後、半年ほどして、二匹のうちのオスのほうが、姿を消してしまった。そういうことでしたね？」

「そうなんですよ。家では、ケージなんかには入れずに、放し飼いにしていました。二匹とも、よくなついていて、逃げる気配《けはい》なんて、全然なかったんですけど、あの日に限って、どういうわけか、突然、オスのほうがいなくなってしまったのです。そのうちにひょっこり、戻ってくるのではないかと、ずっと待っていたんですけど、結局、帰ってこなくて」

と、紗江が、いった。

「福本さんは、なぜオス猫がいなくなったと考えているんですか？」

「分かりませんけど、私なりに、いろいろと考えてはみました」

「それで？」

「オスというのは、メスとは違って、家には居つかず、外に冒険に出ていくものだと、聞いたことがあるんですよ。つまり、ガールハントにね。だから、あの猫も、半年経って、大人になってきたので、恋人を探しに、外の世界に出ていったのだと、そんなふうにも考えました」

「たしか、飼い主がいたんじゃないかと、思っていらっしゃいましたね？」

「ええ、立派なケージに入っていましたから」

西本は、カレーライスを食べ終わり、水を一口飲んだ後で、

「そうすると、元の飼い主が探していて、たまたま、この近くに来た時に、オス猫が飛び出してきた。自分が飼っていた猫だとすぐに分かったので、喜んで、その猫を持ち帰ってしまった。そんなことは、考えられませんか？」

といった。

「でも、私が、二匹の猫を、拾ってから、半年も経っていたんです。その間ずっと、飼い主さんは、探し続けていたんでしょうか？」

「そういうことも、あるんじゃありませんか？」

「そうなると、その飼い主の人は、この近所の人ということになりますわね？　東京や大阪の人が、わざわざここまで、毎日のように、猫を探しに来たりはしませんものね」

と、紗江が、いう。

（いや、それが違うんだ）

西本は、いいかけて、やめてしまった。その代わりに、メモ用紙をもらうと、そこに、自分の携帯の番号を書き、福本紗江に渡した。

「もし、もう一匹も姿を消してしまったら、この番号に、知らせていただきたいのです

よ」

「もう一匹も、いなくなるなんて、そんなことがあるんでしょうか？」

「あるかもしれないので、その時には、知らせて下さいと、お願いをしているんです」

「でも、飼い主の人は、二匹のうちの一匹を、すでに取り戻しているのでしょう？　それでも、もう一匹のほうも探しているんでしょうか？」

「かもしれません」

と、いってから、西本は、

「メス猫に、名前をつけて下さい」

「どんな名前ですか？」

「パトラという名前にして下さい。クレオパトラのパトラです」

「どうして、パトラなんです？」

「ひょっとすると、その名前が、好運を呼ぶかもしれません」

と、西本はいった。

4

その日のうちに、西本と日下は、東京下谷署の捜査本部に戻った。

二人は、調べてきたことを、十津川に、報告した。

十津川が、質問した。

「君たちは、収穫があったと、思っているのかね？　それとも、収穫は、なかったと思っているのかね？」

日下は遠慮して、答えずにいる。

西本が、答えて、

「私にも、正直にいって、よく分からないのです。収穫があったかもしれませんし、なかったかもしれません」

「どうして、君は、そんなふうに、考えるんだ？」

「向こうの交番の巡査長も、民宿の人間も、芝居小屋の小屋主も、口を揃えて、毎年巡業に来ていた卍座の役者と、伊根町の女との間には、何の問題も、起きなかったといっているんですが、その否定の仕方が、三人とも、妙に強すぎるんです。私には、まるで、逆に問題があったと、いっているように、聞こえてしまったのです」

「それが、今回の収穫かね？」

「そうではないかと――」

西本が、あいまいな答え方をした。

今度は、日下が、口を開いた。

「手がかりがあればと思って、町役場に行き、今回の殺人事件の容疑者と、思われている野中弥生の名前が、伊根町の住民票の中にあるかどうかを、調べたのですが、残念ながら、ありませんでした。巡査長たちがいうように、伊根町の女と、巡業に来ていた役者たちとの間には、何の問題も、起きていなかったと、考えざるを得ないのです」

「今の日下刑事の意見に、何か反論はないか？」

十津川が、西本の顔を見た。

「ありません」

と、西本が、答える。

十津川が、笑った。

「君らしくもないな。いやに、あっさりしているじゃないか？」

「町役場の、住民票の中に、野中弥生という名前が見当たらないのですから、仕方がありません」

「そうか。ほかには何か、これはと思うようなことは、なかったのか？」

「猫のほうには、少しですが、進展がありました」

西本が、いった。

「どんな進展だ？」

「電話でもお話ししましたが、タンゴ鉄道の、天橋立駅の近くにある食堂を経営している女主人が、近くの智恩寺の境内で、二年前に、ケージに入れられた子猫を拾いました。拾ったのは二匹です。半年ほど経った時に、オスのほうが、姿を消してしまったというのです。そして現在は、残りの一匹、メス猫のほうを飼っているのですが、猫をケージに入れて、天橋立の展望台に連れていくと、変な声で、鳴くんだそうです。もしかすると、その猫は、天橋立の周辺で、生まれたのではないかと、飼い主の女性は、いっているのです」

「いなくなってしまった、オス猫のほうは『カフェ猫×3』の店にいた弓太郎という、フロアマネージャーの猫だと、君は、思っているんじゃないのか？」

「そうならば、事件と、繋がってくると思っているのですが、まだ分かっておりません」

「もし、二匹の猫を、ケージに入れて、智恩寺の境内に置き忘れたのが、坂口三太郎だったら、猫と事件が結びついてきます」

と、これは、日下が、いった。

「なるほど。それで、その可能性は、あるのかね？」

「可能性があると、思ったので、その飼い主の女性に、私の携帯の番号を教えておきました。誰かが、残りのメス猫をさらっていこうとすれば、猫と事件とが、結びついていることになりますから、捜査は、間違いなく、一歩前進すると思っています」

と、西本が、いった。

第四章　再びタンゴ鉄道

1

ここに来て、十津川は、金子芳江が、熱海から東京都内に、急に、引っ越したのを知った。

しかも、芳江が引っ越した先は、谷中のマンションである。そのマンションは、坂口三太郎が死ぬ前に、経営していた「カフェ猫×3」の近くでもあった。

「引っ越した先が谷中というのが、どうにも気になるね。ちょっと調べてみたくなってきたよ」

十津川が、亀井に、いった。

「たしかに、気になりますが、警部、金子芳江は、今のところ容疑者というわけじゃありません。彼女は、容疑の圏外にいます」

と、亀井が、いう。

坂口三太郎が、坂口弓太郎の名前で、父が主宰していた大衆演劇の劇団の役者をやっていた頃、金子芳江は、一座の花形として、大きな人気を集めていた。

彼女は、坂口弓太郎と一緒に、日本各地を、芝居をやりながら、回っていたのである。

つまり、坂口弓太郎が、公演先で、何か問題を起こしていたとすれば、一色かえでの名前で同じ舞台に立っていた金子芳江は、そのことを知っていたはずである。

金子芳江は、現在は、三十代になっている。

しかし、金子芳江が、犯人だとすると、坂口三太郎を殺して、店に火をつけた理由が分からない。疑えば、一緒に全国を巡業している時、その巡業先で、彼女に不利な事件を起こしていたということがあるのかもしれない。それを坂口に知られたので殺した。

しかし、そうなると、アマチュア画家の大川修太郎が死んだこととの関係が分からなくなる。

「もう一つ、問題がありますよ。現在行方不明になっている野中弥生との関係です」

と、亀井が、いった。

「たしかに、それも問題だな」

それでも、十津川は、突然引っ越した金子芳江の行動が気になって、念のために、西本と日下の二人に、彼女を監視させることにした。

十津川が、金子芳江と、野中弥生との関係を、あれこれ考えていると、西本刑事から電話が入った。

「金子芳江が、どこかに出かけます。電話で呼んだんでしょう、マンションの玄関先で、タクシーが来るのを待っているようです。これから、旅行に出かける感じで、小さなリュックサックを背負っています」

「彼女は一人か？」

「ええ、今のところは一人です。連れはありません」

西本が、いい、続けて、

「今、タクシーが来て停まりました。これから乗り込むところです」

「君たちは、金子芳江を尾行してくれ。何となく、行き先が気になる」

と、十津川が、いった。

「今、金子芳江を乗せたタクシーが、走り出しました。こちらも、タクシーを拾って尾行します」

「そうしてくれ。くれぐれも、見失うんじゃないぞ」

十津川が、強い口調でいった。

しばらくの間、西本と日下からの連絡が途絶えた。そのうちに、

「今、東京駅に着きました。ここで、降りるようですね」

西本が、電話で、いった。

「東京駅から、列車に乗り込むつもりか？」

「そのようです。ここにも、連れらしき人間の姿は、ありません。彼女一人です」

今度は日下が、いう。

金子芳江は、東京駅から、新幹線「のぞみ」に乗った。

西本たちが、「のぞみ」の車内から、逐一《ちくいち》、十津川に、報告をしてくる。

「行き先は分かりませんが、おそらく、関西方面、京都か、新大阪、あるいは、新神戸ではないかと思いますね。その前で降りるつもりなら『のぞみ』ではなく、『ひかり』か『こだま』に乗るはずですから」

と、西本が、いう。

西本の報告で、十津川には、行き先の想像がついた。新幹線「のぞみ」で京都まで行き、京都からは山陰本線の特急「はしだて」に乗るのではないのか？　そうなれば、行き先は、丹後地方になってくる。

京都から先は、時間がかかる。

十津川は亀井と、捜査本部の壁に掛かっている、丹後地方の大きな地図に、目をやった。

事件の根は、丹後地方にある。もし、今、金子芳江が、丹後地方に行くとしたら、彼女も、今度の事件に関係している可能性が強くなってくる。

そう考えると、十津川は、少しばかり緊張した。

「われわれも、丹後地方に行きますか？」

と、亀井が、いった。

「いや、もう少し、金子芳江の行動を見守ろうじゃないか？　もし、丹後地方行きが確認されたら、われわれも、金子芳江の後を追って、丹後地方に行くことにしよう」

と、十津川が、いった。

しばらくして、西本刑事から、また、電話が入った。

「間もなく、新幹線が京都に着きます。金子芳江は、座席を立って、網棚から荷物を下ろしています。どうやら、京都で降りるようですね」

と、西本が、いった。

やはり、十津川の想像していた通りになりそうである。

金子芳江は、京都駅で「のぞみ」を降り、その足で、在来線の乗りかえ口に向かって歩いているという。

「今、金子芳江は、京都駅の構内を歩いています。山陰本線のホームに行くようです」

と、西本が、いう。

十津川も、京都駅で降り、山陰本線に乗るために、駅構内の長い通路を、歩いた経験が何回もある。

「今、十二時十分だ」

と、十津川は、時計に目をやってから、

「十二時二十五分に、京都発、山陰本線経由で、天橋立方面行きの特急『はしだて五号』が出る。金子芳江はそれに乗ると見ていいだろう」

京都駅からは、山陰本線経由で、特急「はしだて」が出ている。

福知山からは、北近畿タンゴ鉄道の路線に入る。タンゴ鉄道の「宮福線」で、宮津まで、その先は、同じくタンゴ鉄道の「宮津線」で、天橋立方面である。

福知山から天橋立までが電化されたので、JRでは、京都から天橋立まで、特急「はしだて」電車を走らせることができるのだが、肝心の北近畿タンゴ鉄道は、全車両が電車ではなく、気動車（ディーゼル）である。せっかく電化したのに、タンゴ鉄道の特急「はしだて」は、電車ではなく気動車である。

つまり、京都から二種類の特急「はしだて」が、走っていることになる。

「今、特急『はしだて』が入線しているのが、見えました。青と白のツートーンカラーだから、北近畿タンゴ鉄道ですね」

と、携帯で、西本が、知らせてきた。

「私も、これから亀井刑事と、そちらに行く」

と、十津川は、続けた。

「いいか、金子芳江を、絶対に、見失うなよ。どこへ何しに行くつもりなのか、しっかりと、見届けるんだ」

十津川は、すぐ、上司の許可をもらって、亀井と、捜査本部を出て、車で、東京駅に向かった。

西本と日下は、すでに入線している北近畿タンゴ鉄道の特急「はしだて五号」に向かって歩いて行く。

タンゴ鉄道の特急「はしだて」だから、パンタグラフはついていない。出発前の準備中なので、エンジン音が聞こえる。

ＪＲの特急「はしだて」には七両編成のものもあるが、こちらの特急「はしだて」はすべて四両と短い。

だが車体の色は、上半分が青で、下半分は白のツートーンカラーで、鮮やかである。

この色は、天橋立の松林の青と、白砂の砂浜、それに、青い海をイメージしているといわれる。

車内はまだ清掃中で、乗客たちはホームで、列車の写真を撮ったりしている。

金子芳江は、少し離れたところで、携帯をかけていた。

清掃がすみ、ロープが外されて、乗客が乗り込んでいく。

金子芳江は、よほど大事な電話なのか、かけながら、列車に乗り込む。

金子芳江が、一号車に乗ったので、西本と日下の二人は、隣りの二号車に乗ることにした。

十二時二十五分、北近畿タンゴ鉄道の特急「はしだて五号」は、予定通り、京都を出発した。

福知山まで山陰本線である。停まる駅は、二条《にじょう》、亀岡《かめおか》、園部《そのべ》、綾部《あやべ》、そして、福知山である。福知山からは、北近畿タンゴ鉄道の宮福線に入る。

こちらのほうは単線だが、頭上には、真新しい電線が延びている。その下を、気動車が走るのは、何か奇妙な感じだった。

宮津までは、北近畿タンゴ鉄道の単線のレールが、延びている。高架部分が多い上に、トンネルが多く、そのくり返しなので、西本たちが、窓の外に目を向けると、同じような景色が、延々と続く感じだった。

通過する駅も、短いホームと四角い箱のような小さな待合室があるだけである。そして、また次のトンネルである。

「はしだて五号」は、福知山を出ると、宮津までは大江駅にしか停まらない。鬼で有名な大江山があるので、大江とか、大江高校前とか、それに関した名前の駅が多い。

宮津着が十四時二十三分、天橋立は、その次の駅である。

「はしだて五号」は、十四時三十一分に、天橋立に着いた。

金子芳江に続いて、西本と日下も、ホームに降りた。

その時になって初めて、西本と日下は、金子芳江が、若い男と一緒にいることに気がついた。

野球帽をかぶり、サングラスをかけた小柄な男である。二人並んで、何やら話しながら、改札口に、向かって歩いていく。

「いつの間に？」

と、日下が、いった。

「京都駅では、間違いなく、金子芳江は一人だった。だから、『はしだて五号』の車内で落ち合ったのか、途中で停まった福知山、大江、そして、宮津、の三つの駅のどこかで、あらかじめ待ち合わせをしておいて、男が乗ってきたんだろう」

と、西本がいう。

その二人はまっすぐ、天橋立に行くのかと思っていると、駅前の旅館に入っていった。

日下が、その旅館に話を聞きに行っている間に、西本が携帯を使って、十津川に、連絡した。

十津川と亀井の二人も、今、こちらに向かっていて、

「間もなく、京都に着く」

と、十津川が、いった。

「こちらは、今、天橋立に着き、金子芳江は、途中で一緒になった若い男と、駅前の旅館に、入りました。日下刑事が、様子をききに行っています」

「男と一緒？　金子芳江は、一人じゃないのか？」

「はい。野球帽をかぶり、サングラスをかけた若い男と一緒です。京都駅では、間違いなく、金子芳江は一人でしたから、京都から乗った特急『はしだて五号』の車内で、一緒になったと思われます。たぶん、示し合わせておいて、合流したのではないでしょうか？」

「分かった。金子芳江と一緒にいる男が、いったい何者なのか、何とか、調べておいてく

れ」

と、十津川が、いった。

2

その時、日下が、慌てた様子で、こちらに向かって走ってきた。

「どうしたんだ？」

西本が、きくと、日下は、黙って、西本の腕をつかみ、建物の陰に隠れるようにして、

「危なかった。もう少しで、金子芳江と鉢合わせするところだった」

と、いう。

なるほど、旅館から、金子芳江と野球帽の男が、出てくるところだった。

二人は、西本たちの近くを通って、智恩寺に入っていった。そのまま、二人は、三十分くらい戻ってこなかった。

西本たちが、この後、二人は、旅館に戻るのかと見ていると、天橋立駅のほうに向かって歩いていく。

少し離れて、西本と日下は、その後をつけることにした。

駅前に、バスの停留所がある。金子芳江と野球帽の男は、そこに停まっていたバスに乗り込んだ。

バスの行き先は、伊根町になっていた。西本と日下の二人は、同じバスに乗り込むことをためらった。顔を知られていたからである。

仕方なく、二人の乗った伊根町行きのバスは見送った。西本と日下の二人の刑事は、次の伊根町行きのバスに乗った。

行き先表示板には、伊根町と書いてあるが、金子芳江たちが、はたして、終点の伊根町まで行ったかどうかは分からない。もしかすると、途中で降りたかもしれないのだが、二人の刑事は、金子芳江が、終点の伊根町まで行ったと考えた。

金子芳江が、もし、事件の跡をたどるつもりなら、終点の伊根町に行く筈だからである。

西本は、今回の事件に、伊根町が関係していると考え、東京に帰ってから、伊根町について調べていた。

伊根町の舟屋は、階下が船場で、二階が住居になっている。それが、写真入りで紹介されていて、別の雑誌には、昔、中国から不老不死の薬を求めてやって来た徐福《じよふく》が、伊根町の海岸に上陸したと、書いてあった。

徐福について、西本は、以前、別の雑誌で読んでいた。

紀元前二〇〇年頃、中国を統一した秦《しん》の始皇帝《しこうてい》が、不老不死の薬を手に入れようとして、方士《ほうし》の徐福を呼んで、東海に船を出して、不老不死の薬を探してくるようにと命令した。方士とは、まじないをつかさどる専門家である。

そこで、徐福は、大船団を使って、東海に船出した。

その後、不老不死の薬が見つかったのかどうかを書いた本はない。ただ、徐福は帰国しなかったという。そこで徐福は、日本に来たのではないかと考える人がいる。その証拠に、日本中に徐福の墓とされるものがあったり、徐福を祀《まつ》った神社があったり、徐福が上陸したという、いい伝えがあったりする。

西本は、ひょっとすると、伊根町に残っている徐福の伝説が、今回の事件に関係しているのではないか？　そう考えて、徐福のことを書いた本を、何冊か読んでみたのである。

もちろん、どう関係があるのかは分からない。

徐福は、間違いなく、実在した人物である。しかし、今から二千年以上も前の人物であり、話である。伝説に近い。

しかし、中国には、徐福が出発したという地点が今もあり、朝鮮半島には、旅の途中、徐福が立ち寄ったとされる場所が、いくつかあるらしい。

日本の周辺には、船に乗った徐福がやって来たという史跡が、二十五ヵ所もあるといわれている。中でも、特に九州にそれが多く、また、紀伊半島の、新宮《しんぐう》も、有名である。

新宮には、徐福を祀った徐福の宮があるし、その近くの海岸には、徐福が上陸したという地点に、目印の小さな灯台型の碑が建てられている。そして、なぜか、伊根町である。

西本は、その雑誌にあった伊根町と徐福との関係を書いた部分だけを、書き写して持ってきていた。それによると、伊根町には浦嶋神社（宇良神社）があり、これは、神仙思想の影響が考えられる。

また新井《にい》地区にある新井崎《にいざき》神社の祭神は、古来、秦の徐福といわれている。また秦の始皇帝とその妃だという話もある。

伊根町には、浦島伝説の絵巻物がある。浦島物語は、中国でも有名な物語で、それと徐福伝説とが、どこかで結びついているのではないだろうか？

徐福伝説について書かれたものによると、秦の始皇帝の命により、徐福が、今の伊根町である新井崎に上陸したのは、孝霊《こうれい》天皇の治世である。

徐福は、伊根に上陸した後、伊根の住人になり、やがて村長になって、死んだ後も村人たちに敬愛され、神として祀られるようになったという。

西本は、そのメモを、日下に渡した。

日下は、目を通した後で、

「しかし、徐福伝説と、われわれが、今、捜査している殺人事件とは、何の関係もないように思えるんだがね」

と、いった。

「たしかに、今のところ、両者の関係は、証明されていないが、どうしても気になってね。これから、浦嶋神社に行ってみようじゃないか？　ちょっと調べてみたいことがあるんだ」

と、西本が、いった。

二人は、バスを降りると、伊根町にある問題の浦嶋神社に行き、まず宮司《ぐうじ》に会った。

「こちらの浦嶋神社には、日本はもちろん、中国からも、徐福のことを調べている人たちが、たくさん訪れてくると聞いたのですが、それは、本当ですか？」

と、西本が、きいた。

しかし、宮司は、

「いえ、そんなことは全くありません」

きっぱりと否定して、取りつく島もなかった。

仕方がなく、西本たちは、今度は、神社のそばにある芝居小屋で、小屋主の山岸徳太郎に会った。

そこでも、西本が、

「この伊根町には、昔から、徐福伝説というのがあると聞きました。日本で孝霊天皇の頃に、徐福が、この伊根町にやって来て、村人となり、人々から尊敬されて、やがては村長にもなったと聞いたのですが、その話は、伊根町の人なら、誰でも知っている話ですか？」

と、きくと、山岸は、小さく肩をすくめてから、

「徐福伝説などというものは、この伊根町だけではなくて、それこそ、日本中にありますよ。九州にだって、紀伊半島にだってね。伊根町も海に面しているので、徐福が、ここにやって来たのではないかという人もいますが、あれは、全くのデタラメで、何の価値もないものだと、思っています」

と、いった。こちらもやたらに冷たかった。

「たしかに、徐福伝説というのは、日本中にあって、一種のおとぎ話かもしれませんが、この伊根町では、他とは少し違ってもう少し真面目に受け取られているのではありませんか？　何しろ、伊根町に上陸して、ここに住み、村長にまでなったと、いうんですから」

西本の言葉に、山岸が、笑った。

「徐福伝説が残っているところでは、徐福が、中国からお茶とか、薬とかを伝えたといわ

れることがよくありますがね。村人から尊敬されて、村長になったなどというのは、初めて聞きましたよ。楽しい話ではありますが、少しばかり冗談がすぎるような気がしますね」

と、山岸はいう。西本は仕方なく、調子を合わせて、

「たしかに、お茶とか、薬とかを伝えたというのは、まだ信じられますが、村長になったというのは、山岸さんがいうように、信じたくても、むりかもしれませんね。そんな話は、日本中のどこを探してもないんじゃありませんか？　もちろん、この伊根町の人たちも、そんな話は、信じてないんでしょうね」

「そうですね、ほとんどの人が、信じていないでしょう」

「でも、新井崎神社には、徐福伝説について書かれた石碑があるそうですね。孝霊天皇の代に、秦の始皇帝の命令を受けた徐福が船に乗って、ここ伊根町にやって来て、村人になったという、そういう石碑だと聞きました。中国の徐福研究者が、徐福とのつながりがあるといって、友好関係を結ぼうと、この伊根町にやって来て、お参りをしたということを聞いたのですが、そういう事実はありませんか？」

西本は、食いさがった。

「それは、明らかなウソですよ。もちろん、徐福のことは知っていますが、伊根町に来た

とか、村人になったとか、あるいは、中国の徐福研究者が、友好関係を求めてやって来たなんてことも、聞いたことがありませんよ。こういう話というのは、すぐにウワサが大きくなって、広がっていきましてね。ついには、そこの人たちを傷つけてしまうことさえあるんですよ。ですから、用心しているんです。正直にいいますがね、今、刑事さんが話したことは、全部ウソですよ」

と、山岸が、いった。

「そうですか。これは、雑誌を書き写したものですが、これはウソですか？」

「そうです。第一、徐福伝説そのものが、何の証拠もない、単なる作り話じゃないですか？　もし、私の言葉が信じられないとおっしゃるのなら、伊根町の人たちにきいてみたらいいと思いますよ。徐福が、この伊根町にやって来て、村人と、仲良くなったとか、村長になったとかいう話は、誰も信じていませんから、そんな話をしたら、おそらく、笑うんじゃないですか？」

と、山岸が、いった。

西本と日下の二人は、伊根町の、数人の人たちに、問題の徐福伝説についてきいてみた。

たしかに、徐福という名前は、ほとんどの人が知っていた。

しかし、西本が、徐福が伊根町に上陸し、村長にまでなったという話をすると、山岸がいっていたように、誰もが笑って、そんな話は聞いたことがないというのである。

西本たちは、金子芳江のこともきいてみた。西本も日下も、金子芳江と野球帽の若い男とが、ここにやって来て、何かを調べたのではないかと、そう思っていたからである。

しかし、金子芳江と野球帽の若い男を見たという人間はいなかった。

「金子芳江と若い男は、この伊根町に、来てないんじゃないか」

日下が、怒ったような口調で、西本に、いった。

誰に、何をきいても、全て否定されてしまうからである。

「いや、そんなことはない。俺は間違いなく、金子芳江たちが、ここに来たと信じている。丹後地方で、この伊根町と天橋立と、それから、智恩寺以外に、今回の事件と、関係のあるところは、見当たらないからね。金子芳江と野球帽の若い男が、この伊根町に来たことは、間違いないんだ。もう天橋立に戻ったのかもしれないな」

と、西本は、主張した。

その時、バスが来たので、二人は、それに乗って、天橋立に戻ることにした。

バスが走り出すとすぐ、西本の携帯が鳴った。

「今、天橋立に着いた。君たちは、今、どこだ？」

十津川の声が、きく。

「伊根町に来たのですが、これから、そちらに戻るところです」

と、西本が、いった。

バスが、天橋立駅前に戻ると、十津川と亀井が、待っていてくれた。近くの喫茶店に入り、まず、西本が、伊根町でのことを、十津川たちに報告した。

「金子芳江と若い男が、伊根町行きのバスに乗ったのです。私たちも、伊根町に行ってみました。実は、伊根町について、こちらに来る前に、調べてみたのです。伊根町は、観光地ですが、徐福伝説とも関係があることを知りました。ひょっとすると、今回の事件と徐福伝説とは、どこかでつながっているのではないか？　そう思って、伊根町の人たちや、浦嶋神社の宮司にも会って、きいてみたのですが、徐福のことはよく知らない。徐福の話は伝説でしかないなどと、頑なに否定されてしまいました」

「君は、その否定がおかしいと思ったのか？」

「はい、その通りです。おかしいと思いました」

「どうしてだ？」

「徐福伝説は、日本中にありますが、この伊根町に伝わる徐福伝説は、かなり、具体性のあるものなんです。何しろ、徐福が上陸した後、村人たちと仲良くなり、ついには、村長にまでなったというんですからね。また、あそこには、浦島伝説が残っています。浦島伝説というのは、神仙思想の影響があり、徐福伝説とよく似ていて、どちらも、昔から中国でもよく知られている話だと聞きました」

「私が、九州に行った時、徐福伝説が、九州に、やたらに多く残っているので、ビックリしたことがあるんだ。しかし、徐福伝説が、今、われわれが捜査をしている現実の殺人事件と関係しているとは、どうにも思えないんだがね」

と、十津川は続けて、

「それで、殺人事件と徐福伝説がつながっているというのは、どういう根拠で、そう思うんだ？」

「実は、その点がはっきりしないので、弱っています。伊根町というのは、人口二千五百人くらいの小さな町です。観光地としては有名かもしれませんが、殺人事件とは、あまり関係ありそうにない、ひなびた、漁村なんです。今、警部がいわれたように、現実の殺人事件とは、関係がないかもしれません。しかし、坂口三太郎は、二年くらい前まで、伊根町に行っていたのです。坂口三太郎の父親がやっていた演劇一座が芝居をやった小屋は、今でも町に残っています。だから、殺人事件と無関係の筈はありません。他に何があるかといえば、徐福伝説です。だから、私は、人々の反応を見たかったんです。ところが、全く、反応がない。というより否定するんです」

「否定か？」

「そうなんです。関心がないというのなら、分かりますが、なぜ、徐福伝説を一方的に否定するようなことをいうのか、それが、不思議で仕方がないのです。徐福伝説は楽しい話なのに」

「しかしだね」

と、十津川が、いった。

「君には、不思議かもしれないが、問題は、徐福伝説と今回の殺人事件とが、はたして、関係があるかどうかということだろう？　もし、無関係なら、伊根町の人たちが、徐福伝説に、関心を持っていないことが分かっても、仕方がないんじゃないのかね？」

「たしかに、そうなんですが」

と、急に、西本の声が、小さくなった。

「それよりも、金子芳江は、今、どこにいるんだ？」

亀井が大声を出した。

「金子芳江たちが、ここに着いてすぐ、宿泊の手続きを取った旅館があります。たぶん、そこに入っていると思いますが、確認してきます」

日下は、そういって、喫茶店を飛び出していった。

五、六分して戻ってくると、
「やはり、最初に、泊まろうとしていた旅館、文殊館《もんじゆかん》というのですが、そこに、二人が泊まっていることは確認しました」

「どんな名前で泊まっているんだ？」

「それがですね、野中弥生になっているんです」

日下の言葉に、

「本当か？」

思わず、十津川の声が、大きくなった。

「この旅館では、チェックインするとすぐ、お客が、自分の名前を、宿帳に、記入するのですが、女将さんに、見せてもらったところ、間違いなく、はっきり、野中弥生と書いてありました」

「そうか、野中弥生か」

「警部、金子芳江と一緒にいる若い男は、野中弥生かもしれませんね。スラックスを穿《は》いて、野球帽をかぶり、サングラスをかけていたら、女性には見えませんから」

と、日下が、いう。

「君は、どう思う」

十津川は、西本に、きいた。

「私には、分かりません。今までずっと、男性だとばかり思い込んでいましたから。たしかに、いわれてみれば、男性としては少し小柄ですから、女性なのかもしれませんが、あれが野中弥生なのかどうかは、ちょっと分かりません。われわれを混乱させるために、わざと野中弥生と書いたのかもしれません」

「どっちが、野中弥生と書いたんだ？」

「金子芳江のほうだと、女将さんは、いっています」

「もう一人は？」

「金子芳江が、野中弥生他一名と記入し、もう一人は、黙っているだけだったそうです。それから、住所は、現在の金子芳江のマンションになっています」

「何とか、野中弥生かどうか確認することはできないかね？」

十津川は、亀井を見た。

「ここは、東京ではありませんし、野中弥生は、たしかに容疑者の一人ですが、だからといって、坂口三太郎を殺した犯人と、断定することもできません。ですから、いきなり、文殊館を訪ねていって、調べるわけにもいかないと思います。向こうが拒否すれば、それで終わりですし、金子芳江は、何か企んでいるのかもしれません。ここは、しばらく様子を見たほうがいいと思いますが」

と、亀井が、いう。

「私は、東京で起きた殺人事件に、この北近畿という土地が、関係していると思っている。いわば、ここは、今回の殺人事件のルーツになっているといってもいいところだ。そんなところに、わざわざやって来て、なぜ、金子芳江は野中弥生と書いたんだろう？　一緒にいるのが、野中弥生本人だとしてもだ。もし、彼女を狙う人間がいたら、金子芳江の行動は、自分たちを、わざわざ危険にさらすようなものだ。なぜ、そんな危ない真似をしているのか、私には、それが不思議で仕方がない」

と、十津川が、いった。

「私も、そう思います」

「よし、しばらく、金子芳江たち二人を、見張ることにしよう。そのうちに、動きを見せるかもしれない」

十津川が、いい、すぐに金子芳江たちに当たることは、止めることにした。

十津川は、亀井を連れて、智恩寺の近くにある食堂に行き、そこの主人、福本紗江に会うことにした。

二人が店に入った時、店には客が一人いたが、その客が出て行くのを待って、十津川は、福本紗江に、声をかけた。

「警視庁の、十津川と申します。先日、こちらを訪ねた刑事の同僚です」

「また捜査ですか？」

福本紗江が、きく。

「ええ、そんなところです。例のメス猫ですが、パトラという名前にしましたか？」

「ええ、パトラにしましたよ」

「それで、何か変わったことはありませんでしたか？」

「そういえば、電話で、猫のことを、きかれました」

と、紗江が、いう。

「相手は、男ですか？　それとも、女？」

「男の声でした」

「その男が、何をきいたんですか？」

「自分も、猫が大好きなのだが、友人から子猫をもらってきて、可愛がっていたら、突然、家出をしてしまった。きれいなメスの猫だったので、クレオパトラという名前をつけた。もしかすると、あなたのところにいるパトラという猫は、私の飼っていたクレオパトラかもしれない。あなたのパトラが、どういう猫なのか、教えてもらえないかといわれました」

「それで、電話の男は、あなたのところに、パトラを見に来ましたか？」

「いいえ。ただ、すぐその後で、今度は、女の人から、電話がかかってきましたけど」

と、福本紗江が、いう。

「その女は、何といってきたんですか？」

「その人は、こんなことをいってました。自分は、京都で、猫の愛好家の会を主宰している。年に二回、猫好きの人たちが、集まって、わが猫の自慢をする。猫の品評会も、兼ねているので、優勝すると、記念品を、進呈することになっている。来週の初めに、その品評会があるので、あなたのパトラという猫を、出してみませんかと誘われたのです」

と、福本紗江が、いう。

「猫の品評会ですか？」

「ええ、そういっていました」

「それで？」

「私の猫は雑種だから、そんな品評会になど出せません。ダメですよといったんですが、電話の女性は、どんな猫でも、可愛さと、飼い主が、どれほどの愛情を注いでいるかを競って、それで、優勝を決めるので、雑種でも構わないといい、パトラがどんな猫か、いつ、どこで拾ったのかと、しつこくきかれました。でも、その後は、全く連絡がありません。京都で、猫の愛好家の会を主宰しているというのは、ウソじゃないかと思いました」

「どうして、そう、思ったんですか？」

「だって、その後、電話が、全然かかってきませんもの」

福本紗江が、笑った。

十津川は、パトラという名前をつけた猫を見せてもらった。雑種だが、可愛い顔をしている。

「この猫は、いつもは、どこにいるんですか？」

と、十津川は、きいた。

「今までは、奥に、寝床が作ってあるので、いつも、そこにいたんですけど、最近はお店に出すようにしています。大人しい猫で、ちゃんと、店番をしてくれるんですよ」

嬉しそうに、福本紗江が、いう。

「お店の、どの辺にいるのですか？」

「レジのそばです」

「そうすると、誰でも、パトラを、見られますね？」

「ええ、猫が店番をする、珍しい食堂ということで、地元新聞の朝刊に、紹介されたので、それからは時々、食事をしないで、ただ、パトラだけを見に来るお客さんがいます」

と、紗江が、いった。

福本紗江が、レジのそばに箱を置き、そこに柔らかい布団を敷いて、パトラを入れると、パトラは、大人しくじっとしているという。

「もう一度、確認しますが、パトラについて、いろいろと、話を聞きに来るお客さんはいますか？」

「ええ、お店の看板娘になってしまったので、お客さんの中には、いろいろと、詳しい話を、聞きたがる人もいるんですよ。どこで拾ったのかとか、どういう素性の猫なのかとか、よく聞かれますね」

「そんな時は、どう答えるんですか？」

「できるだけ、ありのままを、お話しするようにしています。時々、智恩寺にお参りするんですが、ある日、ケージに入れられた子猫を拾ってしまった。オスとメスの雑種の二匹です。家で、可愛がっていたら、突然、オスのほうが、いなくなってしまい、今は、こうして、メスのパトラが、店番をしている。そんなふうに説明しています」

「パトラが、盗まれそうになったことはありませんか？」

「それが、一度だけ、あるんですよ。近所の子どもなんですけどね、猫が好きなのに、家が狭くて、飼うことができない。でも、どうしても猫が欲しい。その気持ちが、高じてしまったのか、私が、目を離した隙に、パトラを、抱えて逃げようとしたんですよ。その時は、パトラが、大きな声で鳴いたので、取り返すことができました」

「お話を聞いていると、パトラは、なかなか人気があるじゃありませんか？　盗まれそうになったり、二回も電話がかかってきたり」

今度は、十津川が、笑った。


翌朝、福本紗江が、店を開けるとすぐ、金子芳江ともう一人が、食堂にやってきて、そこにいた福本紗江に、

「これが、新聞に出ていた、お留守番をする猫ちゃんですか？」

と、きいた。

「そうですよ。猫が店番なんて、無理かと思ったんですけど、大人しいし、頭がよくて、こうしてちゃんと店番をしてくれるんです」

嬉しそうに、福本紗江が、答えた。

「何でも、智恩寺に行った時、ケージに入れられて置き去りにされていたのを拾ったと、新聞に書いてありましたけど、本当なんですか？」

「そうなんですよ。智恩寺に、よくお参りに行くんですけど、二年前でしたか、境内の隅で鳴き声がするので行ってみたら、二匹の猫が、入ったケージを見つけたんです。可哀そうだと思ったので、家に連れて帰って、飼うことにしました。そうしたら、オスのほうが、家出をしてしまって、今残っているのは、メスの、このパトラだけなんですよ」

「パトラという名前は、あなたが、つけたんですか？　パトラというのは、もちろん、クレオパトラのパトラですよね？」

「ええ、そうです」

「どうして、パトラなんですか？　何か理由があるんですか？」

金子芳江がしつこく、きく。

福本紗江が、黙っていると、金子芳江は、続けて、

「じゃあ、あなたが、クレオパトラが、好きなんですね？」

「実は、パトラという名前は、私がつけたんじゃなくて、私の知っている人が、つけたんです」

「どういう人なんですか、その人は？」

「たしか、警察の人です」

と、紗江が、いった。

「刑事さんですか？」

「ええ、そうです」

「ということは、ここは京都府だから、京都府警の刑事さんということになるのかしら？」

金子芳江が続けて、きく。

「いいえ、東京の刑事さんだと、思いますよ。たまたま、ウチの店で食事をしていた刑事さんで、食事の後で、その猫、名前はあるのかと、きかれたので、ないといったら、それじゃあ、パトラがいい。パトラにしなさいと、いわれたんです。それで、パトラという名前にしたんですけど、正直にいうと、私、本当は、日本風の名前のほうが、好きなんですよ」

と、いって、福本紗江は、笑った。

3

その後で、福本紗江は、十津川警部に、このことを話した。

「とても、猫好きな女の人でした。悪い人とは、思えませんでしたけど」

紗江のいう女性が、金子芳江らしいと、十津川はすぐ分かった。

「いろいろと、パトラについてきかれて、どう、思いましたか？」

「よっぽど、猫が好きな人なんだなと思いました。最後には、自分も、商売をやっているのだが、店番をしてくれる猫が、ぜひ欲しい。そう思うのだが、大人しく店番をしてくれる猫に出会ったことがない。今日やっと、その猫に巡り合うことができた。ぜひ譲ってほしいが、ダメでしょうか？　と、きかれました」

「それで、何と、答えたんですか？」

「残念ですが、このパトラは、ウチにとっても、店番をしてくれる、ありがたい猫なので、人様に、譲るわけにはいきません。申し訳ありません。そういって、丁重に、お断りしました」

「そうしたら、相手は、どう、いったのですか？」

「残念だけど、どうしても諦《あきら》められないから、この猫に子どもが生まれたら、その子を譲ってくださいといって、お帰りになりましたけど」

「その時、彼女に、連れは、いませんでしたか？　野球帽をかぶって、サングラスをかけた小柄な男性ですが」

と、十津川が、きいた。

「ええ。お二人一緒でしたよ。でもあの連れの人は、女性ですよ」

と、いって福本紗江が、ニッと、笑った。

十津川は、わざと、惚《とぼ》けて、

「本当ですか？　男じゃなくて、女だったんですか？」

「ええ」

「どうして分かったんですか？」

「はじめのうち、黙りこくって、ぜんぜん、喋らないんで、無愛想な男だなって、思っていたんですよ。そのうちに二人が店の隅に行って、何か小声で、喋り始めたんです。その時、ふいに笑ったんですよ。それが、びっくりするほど、可愛らしい笑顔で、その瞬間、なんだ娘さんじゃないかと、分かったんです。あの笑顔は、間違いなく、娘さんの笑顔でしたよ」

と、福本紗江は、いうのである。

十津川は、彼女の直感は、間違いないと、思った。

「二人は、また、ここにやって来るかもしれません。そうしたら、何とか時間を稼いで、その間に、私に連絡してください」

十津川は、そう頼んで、自分の携帯の番号を、福本紗江に教えた。

第五章　年齢の壁

1

十津川は、いったん、帰京することにして、タンゴ鉄道の天橋立駅に向かった。

天橋立駅に着き、十津川が、何気なく、駅の事務室を覗くと、その壁に、奇妙なポスターが、貼ってあることに気がついた。「徐福祭り」という大きな文字が書かれたポスターである。

気になったので、十津川と亀井は、事務室の中にいた駅員に断って、間近で、問題のポスターを、見せてもらった。よく見ると、驚いたことに、ポスターは、二年も前の、夏のポスターだった。

「どうして、二年も前の、ポスターが貼ってあるのですか？」

十津川が、きいた。

「実は、二年前の夏に、ウチの会社が主催して、徐福祭りというイベントを、開催しました。そうしたら、かなりの反響を、呼びましてね。そこで、今度もう一度、徐福祭りをやろうじゃないかという声が、出て、それで、こうやって、二年前の、ポスターを取り出してきて、今回の祭りはどんなものにしたらいいか、みんなで、考えているんです」

と、駅員が答えた。

「この天橋立も、徐福と、何か関係が、あるんですか？」

と、亀井が、きいた。

「いや、特に、これという特別な関係は、ありません。ただこの先の伊根町には、徐福がやって来て、上陸したという場所もあるんです。その近くの新井崎神社には、徐福が祀られています」

その答えを聞いてから十津川は、初めて警察手帳を、駅員に見せて、

「実は、私たちの同僚が、今、お話のあった伊根町に行っていて、徐福を祀る新井崎神社にも行ってきました。しかし、なぜか、向こうでは、徐福の話をするのが、何となくはばかられるような、空気を感じたようです。誰もが、徐福のことを、あまり話したがらないようなんですが、これには、何か理由があるんでしょうか？」

「そうですか、今でも、やはり、あの町では、そんな、感じが残っていますか。だとすると、二年ぶりに、徐福祭りをやるのも考えものかもしれませんね」

「何があったんですか？」

「二年前に、こちらが主催した徐福祭りは、伊根町でも、同時に、開催されました。ちょうど伊根町では、毎年やって来る、大衆演劇の劇団が、この時も、やって来ていましてね。劇団がこちらの徐福祭りに賛同して、『徐福さん』という芝居を、やってくれたんです。伊根町には、今から、二千二百年前にやって来た徐福が、村の人々と、仲良くなり、最後には、村人たちから尊敬されて、村長さんになったという言い伝えがあって、それを題材にした、芝居でした。私も見に行きました。なかなかよくできた芝居で、楽しかったですよ。ところが、芝居の主役を、務めた役者さんと、あの町の女性が、いい仲に、なってしまいましてね。劇団が、ほかの町に、移動していった後で、彼女が近くの海に投身自殺をしてしまったんですよ。この話はあの町のタブーになってしまい、誰も、その話をしなくなってしまったのです。毎年、来ていた劇団も、夏になっても、姿を見せなくなって、その後一度も来ていません」

「その芝居で、徐福をやった役者の名前と、自殺した女性の名前が、こちらで分かりますか？」

と、亀井が、きいた。

相手が黙っているので、十津川が、あと押しする感じで、

「どうしても、知りたいんですがね。何とか、教えてもらえませんか？」

「そういうことでしたら、伊根町の人に聞いたほうが、分かるんじゃありませんか？」

と、駅員が、いう。

「その芝居の、ポスターはありませんか？」

「いや、ウチにはありません。ポスターは、その劇団が作ったもんだと思いますが、残念ながらウチには、一枚も残っていませんね」

駅員の一人が、いうと、横で話を聞いていた、もう一人の駅員が、

「伊根町に、古い芝居小屋があるんですよ。そこに行けば、あると思いますよ」

と、教えてくれた。その芝居小屋なら西本から聞いている。

十津川は、帰京するのを一日延ばし、その日は、天橋立の旅館に泊まることにした。

十津川は、その旅館の女将さんにも、徐福祭りのことを、聞いてみた。

五十年配の女将さんは、もちろん、徐福祭りのことを、よく覚えていて、

「あの時は、盛大でしたよ。徐福さんの二メートルもある大きな像を、天橋立駅前に立てましてね。張りぼてですけど、なかなかよくできていて、それを見に、観光客もたくさん

押しかけてきました。あの時は、ウチも、儲《もう》けさせていただきました。ただ、天橋立と、徐福さんとは、直接関係はないようで、お祭りが、終わった後は、誰も、徐福さんのことを、口にしなくなりました」

「なるほど」

「本当に、徐福さんが、やって来たのは、天橋立ではなくて、この先の伊根町だそうです。だからなのか、伊根町には、徐福さんを祀った神社まで、あるんですよ。ですから、二年前の徐福祭りの時に、天橋立よりも、伊根町のほうに、観光客を、取られてしまいました」

「その時、ちょうど、大衆演劇の劇団が、やって来ていて、『徐福さん』という芝居をやったそうですね？」

「ええ、楽しい芝居で、私も見に行きました」

「その時の写真がありませんか？」

「私が撮った写真でよければ、探してみましょう」

女将さんは、自分の部屋に、戻っていき、五、六分して戻ってくると、『徐福さん』の写真を何枚か見せてくれた。

舞台の写真なので、明るさの足りない写真だった。舞台を見ながら、女将さんが撮った写真だから、どうしても、暗くなってしまうのだろう。

舞台の上で、主役の徐福が、町の娘と話をしている、写真があった。

女将さんは、芝居を、見に行った時にもらったポスターを今でも持っていて、それも見せてくれた。

配役がのっていて、徐福の役は、坂口弓太郎こと、坂口三太郎になっていた。徐福と仲良くなる町の娘には、劇団の中で、最も人気のある女優の金子芳江、芸名、一色かえでが扮していた。

いつもは、端役しかやっていない坂口三太郎が、この『徐福さん』では、主役の徐福を、演じているのだ。

「主役の徐福をやっている坂口三太郎さんと、伊根町の娘さんとがいい仲になって、その後、彼女が、海に投身自殺をしたという話を聞いたんですが、女将さんも、その話は、ご存じですか?」

十津川が、きいた。

「ええ、そんな話を、聞いたことはありますよ。でも、あの町にとっては、決して自慢になるようなことじゃありませんからね、いつの間にか、誰もが口をつぐむように、なってしまって」

と、女将さんが、いった。

「もしかして、その娘さんは、野中という名前じゃありませんか?」

と、亀井が、きいたが、女将さんは、首をひねりながら、

「さあ、どうでしたかね。何しろ、もう二年も前の話ですからね、申し訳ありませんが、よく覚えていませんよ」

と、いった。

2

翌日、十津川と亀井は、バスで、伊根町に向かった。

伊根町でバスを降りると、十津川たちは、まっすぐ芝居小屋に行き、小屋主の、山岸徳太郎に会った。

山岸は、また刑事かという顔で、二人を迎えた。

「今度は、何の用ですか?」

と、山岸が、ぶっきらぼうに、きく。

「二年前の夏に、徐福祭りというのが行われたそうですね? タンゴ鉄道に協賛するよう

な形で、お祭りがあったと聞きました。その時、ちょうど、大衆演劇の劇団が、やって来ていて、徐福祭りに合わせて、『徐福さん』という芝居をやった。山岸さんは、もちろん、覚えていらっしゃいますよね？　まだ、二年しか経っていないんだからね」

「その芝居でしたら、たしかに、ウチの舞台でやりましたよ。急いで書いた脚本にもかかわらず、よくできた芝居でしてね。ウチの小屋も、珍しく、連日満員になりましたから、よく覚えていますよ」

「その時、徐福に扮したのは、劇団の座長の息子で、いつもは、端役をやっている坂口弓太郎さんだった。町の娘に扮したのは、女優の一色かえでさんだった。これも、間違いありませんね？」

「ええ、そうですよ」

「その芝居がもとで、坂口弓太郎さんと伊根町の娘さんが、いい仲になった。ところが、劇団が、次の町に移っていったら、その娘さんは、海に身を投げて、死んでしまった。これも、間違いありませんか？」

と、十津川が、きいた。

この質問にはすぐには、山岸の返事はなく、間をおいてから、

「何と答えたらいいか」

「簡単ですよ。あなたが、知っていることを、正直に、答えてくれればいいんです。ウソをつかれると、捜査が、間違った方向に行ってしまいますから」

「たしかに、そんなことも、ありました。でも、二年も、前の話ですからね」

と、山岸が、いう。

「しかし、『徐福さん』という芝居を通して、役者と、町の娘さんとがいい仲になり、その娘さんが、自殺した。彼女は、どうして、自殺なんかしたんですか？」

「どうして、あの娘さんが海に身を投げて死んでしまったのか、いまでも、誰にも分からないんですよ。私が聞いたウワサでは、劇団の役者が彼女を騙して付き合っていて、結果的にその役者に捨てられた形に、なってしまった。それで、悲観した娘さんが、海に身を投げて、死んでしまったということだけど、それ以上は、誰も、詮索しませんよ。もう、忘れたいんですよ」

「その娘さんの名前を、教えてもらえませんか？」

「どうして、二年も前のことを、ほじくり返すんですか？　こちらには、いいたくてもいえない理由が、あるんだよ」

山岸がツバを飛ばした。

「東京で、殺人事件が、起きましてね。正確にいえば、殺人と、放火です。死体で発見されたのは、二年前に、この小屋で上演された『徐福さん』で徐福に扮していた役者、坂口三太郎さんです。われわれ警視庁捜査一課は、現在、この殺人事件の、捜査に当たっています。捜査を続けているうちに、この伊根町に、たどり着いたのです。『徐福さん』という芝居をやっていた劇団の役者たちが、事件に関係しているらしいことも分かってきました。ですから、どうしても、二年前のその時に、海に投身自殺をした女性の名前が知りたいのですよ。彼女のことが分からないと、殺人事件の捜査は、一向に進展しないのです」

十津川が、いったが、山岸は、もうそれ以上何もしゃべらなかった。

十津川たちは仕方なく、小屋主の山岸と別れて、町の交番を、探した。

交番は見つかったが、そこにいるはずの巡査長の姿は、なかった。いくら待っても、現れない。

「山岸という小屋主が、電話したのかもしれませんよ」

と、亀井が、いった。

「そうかもしれないな。慌ただしく、外出したような、そんな様子が窺えるからね」

十津川が、いった。

二人は、今度は、町役場に足を運んだ。町長に会って、話を聞こうとすると、相手は、申し訳なさそうな顔で、

「私は、あの事件の後で、町長になったもので、事件の詳しい話は、分からないのですよ」

その話し方に、十津川は、思わず、苦笑してしまった。

「しかし、町長さんは、その前から、ずっと、伊根町に住んでいるわけでしょう？　町長さんになる前に分かっていたことだけで結構ですから、話してくださいませんか？　海に投身自殺をした女性の名前だけでも教えてくれませんか」

と、十津川が、頼んだ。

町長は、人払いをしてから、十津川と亀井に向かって、

「警察の方が、何度もおみえになるので、お話ししますが、私が話したということは、内密にしていただきたいのですよ」

「分かっています。もちろん、誰にもいいませんよ」

「今から二年前の夏でした。刑事さんのいう通り、徐福祭りを、やっていたんですよ。その時ちょうど、いつものように、町にやって来た劇団が、ありましてね。急遽《きゅうきょ》、『徐福さん』という芝居を作って、それを、見せることになったんです。徐福さんに扮したのは、いつもは端役《はやく》をやっていた、坂口弓太郎さんでした。その役者さんの、のほほんとした雰囲気が、徐福さんのイメージにピッタリでしてね。大当たりの芝居になりました」

「その坂口弓太郎さんと、いい仲になってしまった、この町の、娘さんの名前を教えてください」

と、十津川は、繰り返した。

「野中弓枝《ゆみえ》さんです。あの時は、たしか三十歳ちょうどじゃなかったかと思いますよ。なかなかの美人でした」

「その野中弓枝さんと、坂口弓太郎さんが、いい仲になった。そのことに、気づいていましたか？」

「いや、全く、分かりませんでしたね。ただ、二人が一緒に、仲良く歩いているのを見たという声は、何人もの町民から聞きましたから、二人が、親しくなっていたというのは、事実だと思うのです」

「劇団が移動した後で、野中弓枝さんという女性は、海に身を投じて亡くなった。これも本当ですか？」

「事実です。当然、大騒ぎに、なりました」

「それで？」

「いろんなウワサが流れました。一番もっともらしい話は、坂口弓太郎という役者が冷たくなったので、それを、悲観して、野中弓枝さんが、投身自殺をしたというウワサでした。

問題の劇団は、すでに、ここから名古屋のほうに移動してしまっていたのですが、電話をかけて、坂口弓太郎さんと座長に抗議をした人も、何人かいたようです。しかし、こういう話というのは、本当のところが、なかなか分かりませんからね。それに、旅役者に振られて、町の女が自殺したなんてことになると、大変な屈辱じゃありませんか？　それで、いつの間にかこの話をすることはタブーになってしまって、町の人たちは、誰も、この話を、しないように、なってしまったんです。ですから、本当のところは、誰にも、分からないんですよ」

「野中弓枝さんという女性には、姉妹がいたんじゃありませんか？　弥生という名前の妹さんです」

十津川が、野中弥生の名前を口にすると、相手はうなずいて、

「ええ、そうです。仲のいい姉妹でしてね。お姉さんの野中弓枝さんが、自殺した後、今度は、妹の野中弥生さんが、突然、町から姿を消してしまったのです。弥生さんが今、どこにいるのか、誰にも分かりません」

「そのほかに、何か分かっていることは、ありませんか？」

十津川が、きいた。

「これはウワサで、本当かどうか分かりませんが、それでも構いませんか？」

「もちろん結構ですよ。話してください」

「坂口弓太郎という役者さんなんですが、猫が好きで、ここに来た時に、生まれたばかりの猫を二匹楽屋で飼っていました。劇団が移動したあと、彼が飼っていた子猫二匹が、天橋立の近くにある智恩寺の境内に、置き去りにされていたというウワサがあったんです。しかし、この猫の話というのは曖昧《あいまい》で、本当かどうか分からないのです」

と、町長が、いった。

「坂口弓太郎こと、坂口三太郎さんが亡くなったことは、ご存じでしたか？」

「いや、全く、知りませんでした。本当に、あの役者さんが、亡くなったんですか？」

「本当です。お話ししたように、何者かに、殺されました。坂口三太郎さんは、役者を、辞めた後、東京の下町で、『カフェ猫×3』というカフェをやっておられたんですが、先日、火事で、カフェが焼けましてね。焼け跡から、坂口三太郎さんの死体が、発見されました」

「そうですか、そんな死に方をしたんですか」

「町長さんは、彼と話をしたことはあるんですか？」

「今も申しあげたように、事件があったのは、私が、町長になる前でしたが、その頃、私は、役場で広報の仕事をやっていましてね。その関係もあって、芝居を何回も見に行きましたし、坂口三太郎さんとも、何回か話をしました」

「あなたの印象に残っている坂口三太郎さんは、どういう人でしたか？」

と、亀井が、きいた。

「優しくて、とても、いい人でしたよ。坂口三太郎さんと会って、話をして、最初に感じたのは、この人は、真面目な人だな、ということです。ですから、自殺をした野中弓枝さんを、騙して関係し、そのあと捨てるようなマネをするなんてことは、とても考えられません」

「町の広報を、やっていらっしゃったとすると、坂口三太郎さん以外の、役者さんにも会って、いろいろ話をされたことがあったんじゃありませんか？　女優の一色かえでさんと話をされたことはありますか？」

と、十津川が、きいた。

「ええ、ありますよ。一色かえでさんは、劇団の、花形女優さんでしたよ。たしかにきれいな女性でしたし、少しばかり、派手すぎるような感じでしたが、華がありましたよ」

「ほかに、坂口三太郎さんや、一色かえでさんのことで、何か、覚えていることはありませんか？」

「そうですね」

と、町長は少し考えてから、

「徐福に扮した坂口三太郎さんですが、劇団の座長の息子さんじゃなかったですかね」

「それは、知っていますが、劇団員は、全部で何人いたのか分かりますか？」

「三十人ぐらいと、記憶しています。坂口三太郎さんは、座長の息子さんだったからかも、しれませんが、何となく、おっとりしている感じでしたね。それが、モテる理由だったんじゃありませんか」

「女優の一色かえでさんと、坂口三太郎さんとの関係は、どんなものだったんでしょうか？」

「これも、私の勝手な想像かもしれませんが、あの若い女優さんは、坂口三太郎さんという役者さんに、惚れていたんじゃないですかね？」

「惚れていた？　どうして、そう、思われるんですか？」

「だって、坂口三太郎さんと、一緒になれば、ゆくゆくは座長の奥さんになれるわけでしょう？　彼女には、そんな打算も、働いていたかもしれませんよ」

と、町長が、いった。

町長と別れたあと、十津川と亀井は、徐福を祀る神社に行き、宮司に会って、話を聞いた。

五十代と思われる、中年の宮司は、もちろん二年前の、徐福祭りのことは、今でもよく、覚えているといった。

「徐福祭りは、ウチのお祭りでも、ありますからね。あの時は、大いに、協力しましたよ。二年前のあの頃は、ウチに来る参拝客の数も、ずいぶん増えました」

と、宮司が、いった。

「その時伊根町には、大衆演劇の劇団が、やって来ていて、『徐福さん』という芝居を、やったそうですね？」

「ああ、あの芝居は、とても、よかったですよ。台本を書く人が、参考にしたいからといって、ウチにも、話を聞きに来ましてね。いよいよ芝居をやる時には、座長さんをはじめ、劇団員の皆さんが、全員、ウチにやって来て、大入り祈願をしたんです」

「その後になって、問題が起きましたよね？　伊根町の娘さんが、海に投身自殺をしたことは、宮司さんは、もちろん、ご存じだと思いますが？」

「ええ、もちろん、知っていますよ。いろいろと、話題になりましたからね」

「やはり、ご存じでしたか」

十津川が、いうと、宮司は、

「知っていましたとも。何しろ、夜中に、ある男女が、お参りしているのを目撃しましたから」

と、いうのである。

「どちらかというと、ちょっと、派手な感じの娘さんでしたが、ここに来た時には、ひどくしおらしい、大人しい、お嬢さんになっていましたよ」

十津川は、内心、

(少し感じが違うような)

と、思って、

「お参りに来た女性ですが、それは、あの劇団の、一色かえでという女優さんじゃないんですか?」

「ええ、その、女優さんですよ。だから、いったじゃありませんか。派手な感じの女性だったと」

「その時は、二人で、ここにお参りに来たんですね?」

「そうですよ。たしか、問題の芝居が始まる前日じゃ、なかったですかね。主役をやった役者さんと二人で、お参りに、来ていました。成功祈願をされたんだと思いますね」

「投身自殺をした伊根町の娘さんは、この神社に、お参りには、来なかったんですか?」

「いや、あの娘さんも、来ましたよ。彼女のほうは、芝居の楽日《らくび》に、来たんじゃなかったですかね」

「二人で、ですか？」

「ええ、もちろんそうですよ。劇団の役者さんと、一緒でした」

と、宮司が、いった。

十津川は、ここはしっかりと、確認しておきたいと思って、念を押すように、宮司に尋ねた。

「もう一度確認しますが、『徐福さん』の芝居で、主役の徐福を演じた坂口三太郎さんと、女優の一色かえでさんとが、芝居の始まる前に、二人で、お参りに来たんですね？　間違いありませんか？」

「ええ、間違いありませんよ」

「それから、徐福さんの役を演じた役者さんと、亡くなった、伊根町の娘さんが、二人でお参りに来た。これも、間違いありませんね？」

十津川が念を押した。

「ええ、間違いありません」

「宮司さんは、それを、ご覧になっているんですね？」

「そうですよ」

「ところが、劇団が公演を終えて、この町から、移動した後で、伊根町の娘さんが海に身を投げて、亡くなりましたよね？　その娘さんは、坂口三太郎さんと一緒に、この神社にお参りに、来ていたわけでしょう？　それなのに、どうして、娘さんは、投身自殺をしてしまったんでしょうか？　宮司さんに、心当たりがありますか？」

十津川が、きいた。

「いいえ、そういう若い女性の気持ちというものは、残念ながら、私には、全く分かりませんね。私に分かるのは、神様のことだけですから」

宮司が、いった。

十津川にしてみると、その辺のところが、はっきりしないと、今回の殺人事件の、捜査は、壁にぶつかってしまうのである。

十津川は、宮司に、さらに、質問を続けた。

「二年前に、徐福祭りというお祭りがあって、それに合わせて、劇団の作家が『徐福さん』という芝居を書きました。その時、この神社にも話を聞きに来ました。その『徐福さん』という芝居は、二千二百年前に、やって来た徐福と、この町の、娘さんとの愛の交歓がテーマになっているわけでしょう？　その台本を書く人が、伊根町の娘さんにも、いろいろと、話を聞いたのでは、ありませんか？」

「たしかに、劇団の台本を書く人は、最初に、ウチに、やって来ましたよ。主人公を演じる役者さんと二人で、ウチに、徐福の話を、聞きに来たんです。私のほうは、いろいろと、参考になりそうなことを、お話ししました」

「その後で、二人は、町に行って、これはと思う女性に会い、ストーリーをふくらませていった。そういうことになりますね？」

「ええ、そういうことになるでしょうね。今申し上げた徐福役の役者と、台本を書く人が、この神社に、やって来て、徐福について聞いた後、町に行って、芝居のモデルになりそうな女性を探し、話をふくらませると、いっていましたから」

と、宮司は、いう。

「宮司さんは、その時二人に、具体的に、この女性がいいと、誰か特定の女性を、推薦したりは、しなかったんですか？」

十津川がさらにきくと、宮司はだんだん、思い出にのめり込んできた。

「あの頃、伊根町には、評判の美人姉妹がいましてね。その姉妹を、推薦した覚えがあります。二人とも美人で、心も豊かで歴史的なことにも興味を持っているので、話を聞くには最適だろうと思って、その姉妹を、推薦したんですよ」

「それが、野中姉妹だった。そういうことですね？」

「ええ、そうです。特に姉の野中弓枝さんを推薦しました」

「しかし、その野中弓枝さんは、劇団が移動した後、海に投身自殺をしてしまいましたが、そのことについて、宮司さんは、どう、考えているんですか？」

「やはり、責任の一端を、感じていますよ。私が推薦したので、あの劇団の二人が、野中弓枝さんと会って、親しくなったのは、間違いありませんし、その後、弓枝さんが、海に身を投げて、死んでしまったんですから、私にも、責任があると思っています。しかし、どうして、あんなことになってしまったのか、私にも、全く分からないのです」

「妹の野中弥生さんとは、事件について、話をされたことがありますか？」

「事件の前には、親しくはなかったのですが、あの事件の後では、何回か、お会いして、いろいろと話をしましたよ。お姉さんが、あんな死に方をした後、生前、ウチにお参りに来たことが、あったというので、野中弥生さんは、お姉さんのことを聞きに、私に会いにいらっしゃいました」

「宮司さんは、その時、どんな話を、されたのですか？」

「今、刑事さんに話したようなことですよ。だから、余計、なぜ、お姉さんが、投身自殺などしたのか、申し訳ないが、理由が分からないと妹さんにはいいました」

「その時、野中弥生さんは、どんな様子でしたか？」

「弥生さんはいつも、大変落ち着いた感じで、話を聞かれていました。お姉さんが徐福役の役者さんと、一緒に参拝に来られた時には、本当に嬉しそうな顔をしていた。そんなこともお話ししました」

「その役者の、坂口三太郎さんですが、最近は役者を辞めて、東京の下町で、『カフェ猫×3』というカフェを、やっていたんですが、そのことは、ご存じでしたか？」

「去年、案内状をいただきましたから、知っていました」

「そのことを、野中弥生さんに、話しませんでしたか？」

「お話ししましたよ。彼女が、しきりに、その後の、坂口三太郎さんのことを知りたがったものですから、その案内状を見せました」

「その案内状には、もちろん、お店の住所が書いてあったわけですよね？」

「ええ、書いてありました。猫のカフェの話も、書いてあったし、店の写真もついていました」

「その後、野中弥生さんが、突然、行方をくらましたんじゃありませんか？」

「その辺のところは、分かりません。彼女が、町からいなくなったことは、もちろん、知っていますが」

と、宮司が、いった。

「今、野中弥生さんが、どこにいるか、想像はつきますか？」

「いや、見当もつきませんね。この周辺のことなら、何とか分かるのですが、彼女が、東京とか、大阪とかいった、大都市に行ってしまっていたら、全く分かりません」

と、宮司が、いった。

十津川は、話を聞くと、東京に帰った。

3

帰京した直後の捜査会議で、十津川は、持ち帰ったいくつかの資料を、三上本部長に披露した。

その中の一つは、二年前の夏、八月に開かれた徐福祭りの、写真集である。その写真集は、主催者の北近畿タンゴ鉄道が作った、非売品だった。

この徐福祭りは、伊根町も協賛しているので、写真集も、かなり豪華な、分厚いものになっている。この時、たまたま、伊根町にやって来ていた劇団の芝居『徐福さん』の写真も、何枚か入っていた。

芝居の写真を見ると、徐福に、坂口弓太郎が扮し、その徐福に恋愛感情を持つようになる町娘には、一色かえでが扮している。

「この『徐福さん』という芝居は、なかなか好評だったようです」

と、十津川が、説明した。

「問題は、芝居が終わり、劇団が移動したあと、野中弥生の姉、野中弓枝が、海に身を投げて死んでしまったことだな。それが、今回の、殺人放火事件の遠因になっているような気がするが、十津川君の見解を聞きたいな」

と、三上本部長が、いった。

「その点、同感ですが、現地で調べてみると、野中弓枝が、どうして、海に投身自殺をしてしまったのか？　その点が、いまだに、はっきりしないのです。ウワサとして『徐福さん』の芝居の主役を演じた、坂口三太郎と、いい仲になったが、三太郎が、冷たくなり、伊根町から移動してしまったことに、野中弓枝が落胆して、海に身を投げて、死んでしまったという人もいるんですが、いくら調べても、その確証が、つかめないのですよ。つまり、二人が、それほど熱くなっていたという、確証が得られないのです」

「しかし、自殺した野中弓枝と、役者の坂口三太郎が、二人で仲良く、徐福を祀った新井崎神社にお参りに来ていて、宮司が目撃していると、君は、いった。これは、間違いないんだろう？」

「そうです。間違いないと思います」

「それなら、君がいうウワサは、事実なんじゃないのかね？　伊根町の野中弓枝が、失恋の悲しさから投身自殺をした。妹の野中弥生は、その姉の仇《かたき》を討つために、上京し、谷中で坂口三太郎がやっていたカフェを見つけて、働き始めた。そのあと機に乗じて、坂口を殺し、店に放火して姿を消した。こう考えれば、全てが繋がってくるじゃないか？　殺人の動機もはっきりする」

「たしかに、それで、何とか納得できるのですが」

十津川は、曖昧な表情になった。

「要するに、あとは証拠だろう？　失踪している野中弥生を逮捕すれば、事件は解決だろう？　ほかに、谷中の殺人放火事件を説明できる理由があるというのなら別だが」

と、三上が、いった。

「他にも問題があるのです」

「それは何だ？」

「猫です」

と、十津川が、いった。

「猫？　猫は、今回の事件には関係ないだろう？」

「そうかもしれませんが、私には、どうしても気になるのです。『カフェ猫×3』というカフェをやっていた坂口三太郎は昔から猫が好きで、巡業にも、子猫を連れていて、楽屋で飼っていたそうです。二年前に劇団が移動する時、坂口三太郎と思われる人物が、文殊の知恵で有名な、智恩寺の境内に、二匹の子猫を置き去りにしていったというウワサもあります」

と、十津川が、いった。

しかし、三上本部長は、猫には関心がないらしく、

「とにかくこれで、容疑者は、野中弓枝の妹、野中弥生と、決まったな。動機も揃っている」

これに対して、十津川が、

「容疑者は、もう一人、残っています」

「それは、誰だね？」

「女優の一色かえでこと、金子芳江です」

「金子芳江には、殺人の動機があるのかね？」

「徐福を祀る新井崎神社の宮司の話によると、坂口三太郎と、一色かえでこと、金子芳江は、二人で、神社にお参りに来たそうです。この二人が愛し合っていたとします。そうな

ると、この二人に加えて、野中弓枝がいますから、典型的な三角関係ということになります。『徐福さん』の芝居が終わった後、三角関係の一人、野中弓枝が、投身自殺をして、死んでしまいます。そうなると、坂口三太郎と金子芳江の間も、おかしくなっていったのではないでしょうか？　坂口三太郎は、自分のせいで、野中弓枝が死んでしまったという自責の念から、金子芳江のことを愛せなくなって、二人の間は、急速に冷えていった。金子芳江は、次第に、自分に冷たくなった坂口三太郎のことを憎むようになりました。一方、坂口三太郎は、谷中にカフェを作り、野中弓枝の妹、野中弥生を雇って、店に置くようになりました。金子芳江は、そんな坂口三太郎の行動に憎しみを持ち始め、遂に、野中弥生がいない、坂口三太郎が一人の時に、彼を殺して、店に放火しました。こう考えれば、野中金子芳江が犯人であっても、おかしくはありません。ただ、野中弥生は、姿を消し、金子芳江は、姿を消さないのはなぜか、という謎が残ります」

「それを、どう考えるんだね？」

と、三上が、きく。

「理由は、簡単だと思います。警察もマスコミも、坂口三太郎を殺したのは、店で雇っていた野中弥生ではないかと考えています。金子芳江にしてみれば、自分に、疑いの目が向けられていない。それで安心して、失踪もせずにいるのです」

「その金子芳江は、今、丹後に行っている。彼女は、いったい何をしに、丹後に行ったのかね？」

「二つの理由が考えられます。第一は、警察もマスコミも、今は、彼女に疑いの目を向けていませんが、いつか、彼女を疑う時が来る恐れがある。その時のために、今から自分に有利な状況を作っておきたいと、彼女は、考えたのではないか？　そのために、丹後に行った。これが、一つ目の理由です」

「二つ目の理由は？」

「二つ目も同じような理由ですが、坂口三太郎のことを、姉を自殺に追いやったとして、野中弥生が憎んでいた、そうした状況を丹後に作っておこうと考えた。そうすれば、もし、疑いの目が自分に向けられても、安心していられます。そのために、彼女は、丹後に行ったという考えです」

「もう一つ、解決すべき事件があった筈だ。この東京にだよ」

と、三上が、いった。

「本部長が、おっしゃるのは、アマチュア画家の大川修太郎の件でしょう？　誰が、何のために、大川修太郎を殺したのか？」

十津川が、いうと、なぜか、三上本部長は、

「大川修太郎のほうは、簡単だよ」

と、あっさりと、いった。

「どう簡単なんですか？　大川修太郎を殺した犯人は、いったい、誰なんですか？」

今度は、十津川のほうが、三上本部長に質問した。

「大川修太郎は、野中弥生をモデルにして、何枚もの絵を描いている。大川修太郎は、アマチュア画家だ。だから、純粋な気持ちで、絵を描いていたとは思えない。野中弥生に惚れて、彼女をモデルにして、絵を描いていたと、私は、思っている。要するに、彼女のことが、好きになった。いや、逆に考えれば、野中弥生に近づくために、モデル料を払って、彼女の絵を描いていた。そんな大川修太郎という男が、弥生のほうは、うるさくなってきたんじゃないか。そう考えているんだがね」

三上が、少し笑って、いった。自分でも簡単すぎる理屈だと思ったのだろう。

「私は、年齢が、気になっています」

と、十津川が、いった。

「誰の年齢だ？」

「坂口三太郎の年齢です」

「どんなふうに気になるんだ？」

「坂口三太郎は、殺された時、六十六歳です。二年前に、徐福を演じた時は、六十四歳です。徐福を演じるには、いい年齢かもしれませんが、恋とか愛には、齢をとりすぎていま す。私は伊根町へ行き、自殺した野中弓枝について調べました。役者の坂口三太郎が好きになったが、冷たくされたので、投身自殺をしてしまった。形としてはこの通りなんですが、現実的には真実味がないのです。その理由は年齢です。坂口三太郎六十四歳に対して、野中弓枝三十歳ですから、どうしてもウソ臭くなってしまうのです」

「しかし、大きな齢の差があっても、愛し合う男女はいるじゃないか」

「確かに、そうですが、今回の事件で、坂口三太郎と一緒に、名前の浮かんだ女性の年齢を考えて下さい。野中弓枝三十歳、弓枝の妹、野中弥生は二十五歳。一色かえでこと金子芳江は三十代です。いくら何でも六十四歳の坂口三太郎が、三十代、三十歳、二十五歳の三人の若い女性と愛憎関係になるとは、とても考えにくいのです」

「そうなると、君のこれまでの推理は根本的に考え直す必要があるんじゃないのかね？」

第六章　別荘生活への道

1

殺された坂口三太郎の父親が座長をやっていた大衆演劇の劇団卍座は、すでに、解散してしまっていて、今は、存在しない。そこで、以前所属していた団員を探して、十津川は、その団員から、話を、聞くことにした。

見つけ出した劇団員の名前は、酒井浩一《さかいこういち》、六十六歳である。現在は、江戸川《えどがわ》区で、同じ年齢の妻と二人、年金暮らしだが、国民年金だけではしんどいというので、今どき、珍しくなった駄菓子《だがし》屋を、やっていた。

十津川は、亀井と二人、その酒井に会いに出かけた。

店のほうは、もっぱら妻に任せて、本人の酒井は、奥でテレビを見ていた。

酒井が、見ていたテレビのスイッチを切ってくれたので、それを潮に、十津川は、話しかけた。

「先日、殺人事件の捜査のために、天橋立から伊根町に行ってきました。伊根町には、昔のままの芝居小屋があって、大衆演劇の劇団卍座が、年に一回やって来て、芝居を見せていたという話を、聞きました。その中に『徐福さん』という出し物があって、これがなかなか面白くて、評判がよかったという話を聞いたのです。この芝居の時、酒井さんも、たしか、伊根町に行っておられましたね？」

「あの時のことなら、今でもよく覚えているよ。あの芝居は好評でね、大受けしたんだよ」

酒井が、嬉しそうに、いった。

「その『徐福さん』という芝居ですが、作者を聞くと、座長の、坂口さんだというのですよ。その時、座長の坂口さんは、八十六歳でした。本当に、座長の坂口さんが、脚本を書いたのですか？」

十津川が、きくと、酒井が、笑った。

「あの劇団ではね、芝居の台本は、全部、座長の坂口さんが、書いたことになっているんだ」

「書いたことになっているということは、『徐福さん』のシナリオも、座長の坂口さんが書いたものじゃないんですね？」

「ああ、あれを書いたのは、別の人間だよ。座長は、芝居の演出は、上手《うま》いが、脚本を書く能力は、なかったからね。だから、若い劇団員が書いていたんだ。何でも昔、文学青年だったらしい」

「それでは、『徐福さん』のシナリオを書いたのも、その、若い劇団員ですか？」

「ああ、そうだよ」

「何という人ですか？　名前は、分かりますか？」

「分かるも何も、刑事さんだって、知っているはずだ」

と、酒井が、いう。

「向こうへ行って、劇団員の名簿をもらいましたけど、その中に、それらしい名前は、ありませんでしたよ」

「佐伯秀介《さえきしゆうすけ》、三十八歳。今では、日本でも一、二を争う流行作家になっているから、刑事さんだって、ヤツの名前くらいは、知っているんじゃないかな？」

と、酒井が、いった。

十津川は、驚いて、

「もちろん、佐伯秀介という作家の名前は、知っていますが、この人は、卍座にいたんですか？　名前を見たことはありませんが」

「佐伯秀介というのは、ペンネームだよ。本名じゃない」

「なるほど」

「団員だった頃の名前は、早瀬秀一《はやせしゆういち》といって、それが、ヤツの本名のはずだ。器用な男で、若いが、脚本を書くのが早かったよ。その頃は、早瀬秀一が書いても、作者は、全て座長ということに、なっていたけどね。あの『徐福さん』だって、本当は、早瀬秀一が書いたのさ。だが、ポスターに書かれた作者の名前は、座長になっていた。当時、それは別に、不思議でも、何でもなかったし、団員の誰もが、そういうものだと思っていたのさ」

「酒井さんがいた劇団卍座ですが、たしか、二年ほど前に解散していますね？」

「ああ、そうだよ。解散したんだ。もう、ああいう劇団が食べていけるような時代じゃなくなっていたし、解散したんだ」

「解散した後ですが、今、酒井さんがいった早瀬秀一さんは、どうしていたんでしょうか？」

「劇団卍座が解散して、いちばん得をしたのは、何といっても、早瀬秀一だろうね。劇団が解散して、まだ、二年しか経っていないのに、出す本、出す本が全部ベストセラーになる流行作家で、今じゃあ、御殿のような大きな家に住んでいるそうじゃないか？　あのまま劇団にいたら、自分の書く脚本は全て、座長が、書いたことになってしまって、絶対に、ヤツが有名になることはなかったからね」

　と、酒井がいう。

「最近、早瀬秀一さんに、お会いになったことがありますか？」

　と、亀井が、きいた。

「いや、会ってないね」

「どうしてですか？」

「ヤツは、俺だけじゃなくて、昔の劇団仲間には、会いたがらないそうだ。それも、当たり前かもしれないな。あの頃は、一緒に劇団員として働いていたが、今や、流行作家先生だからね。たぶん、昔の話はしたくないし、思い出したくも、ないんだろう。そう思ったから、会わずにいるんだ。連絡したこともない」

　と、酒井が、いった。

2

十津川は、突然出てきた、佐伯秀介という名前に戸惑った。

現在、佐伯秀介は、売れっ子作家で、五本の指に入るだろう。念のために、佐伯秀介という名前を検索してみると、本名、早瀬秀一と出る。

しかし、劇団卍座という大衆演劇の劇団に所属していたことは、どこにも出ていなかった。『徐福さん』という芝居の台本を書いたこともである。

経歴としては、いきなり、文学賞を受賞したことから、始まり、ここに来て、ベストセラーの作品を、次々に発表していると、ある。

現在の住所は、六本木《ろっぽんぎ》の高級マンションだが、電話をしてみると、「現在、軽井沢《かるいざわ》の別荘で執筆中」という留守番電話の応答メッセージがあった。

そこで、十津川は、亀井を連れて、軽井沢に行き、佐伯秀介こと早瀬秀一に会うことにした。

軽井沢は、旧軽井沢、中軽井沢、新軽井沢などと分かれているが、佐伯秀介の別荘は、旧軽井沢のほうで、以前は、ある大会社の社長が持っていたという別荘だったのを佐伯秀介が、購入し、改築して住んでいると、十津川は、教えられた。

新幹線で、軽井沢まで行き、駅から車で二十分くらいのところに、ヨーロッパ調の洒落《しゃれ》た別荘が、建っていた。

玄関のベルを鳴らすと、若い女性が出てきた。

佐伯秀介の経歴を見ると、独身とあるから、奥さんではないだろうが、どういう関係の女性なのか、十津川には、分からなかった。

十津川と亀井は、二階の書斎で、佐伯秀介に会った。さっきの若い女性が、お茶を運んできた。

佐伯秀介は、ご機嫌で、十津川と亀井を見て、

「今、ある出版社から、ミステリーを頼まれているんですよ。だから、一度、刑事さんに会って、仕事の話を聞きたいなと思っていたんですが、はからずも、刑事さんが二人もいらっしゃったので、ビックリしているんです。後で質問攻めにしますから、よろしくお願いしますよ」

「実は、東京の谷中で、坂口三太郎さんという男性が殺されました。われわれは、その殺人事件の捜査を、担当しているんですが、佐伯さんは、この坂口三太郎さんをご存じですね？」

と、十津川が、いった。

「坂口三太郎さんですか？　知っているといえば知っていますが、特に親しいというわけではありません。名前を知っているという程度です」

佐伯は、そんないい方をした。

「坂口三太郎さんのお父さんが、卍座という大衆演劇の劇団の座長をやっていて、佐伯さんも、その卍座に所属されていたことがありますね。その頃は、本名の早瀬秀一さんでした」

「ええ、その劇団に、いたことはありますが、大昔の話ですよ」

と、佐伯が、いう。

「しかし、劇団が解散したのは、まだ二年前ですよ」

亀井が、横から、口を挟んだ。

「二年前でも、私は、その劇団で、舞台に立ったこともなければ、営業をやっていたわけでもありませんよ。ただ、何となく、そこに、籍を置いていたというだけですから、坂口三太郎さんのことも、ほかの劇団員のことも、何も、知りませんよ」

「われわれが、調べたところでは、卍座が上演する芝居の台本のほとんど全部を、早瀬秀一さん、あなたが、一人で書いていたそうじゃありませんか？　対外的には、全ての脚本を座長が書いたことになっていた。ある人に、そう教えられたんですが、これは、本当ですか？」

「いや、それは、事実じゃありません。間違いですよ。劇団卍座で、上演する芝居の台本《ほん》は全部、座長が書いていましたよ」

「しかし」

と、十津川が、いいかけると、佐伯は、それを遮《さえぎ》って、

「ただ、座長は、漢字の知識がないので、私は座長に頼まれて、台本の漢字の誤りを、直して清書したりしていました。それで、劇団の人たちは、私が、台本を書いていると、思い込んだんだと思いますね」

「同じ劇団で、『徐福さん』という芝居をやったことがありましたね？　なかなか評判がよかったと聞いたんですが、この『徐福さん』の作者も、座長ということになっていました。しかし、本当は、早瀬秀一さん、あなたが書いたという人がいるんですよ。この点は、どうですか？」

「いや、『徐福さん』も、間違いなく、座長が、書いていますよ。今もいったように、私は、漢字の間違いなんかを直しただけで、座長の作品です。私じゃありません」

佐伯は、かたくなに繰り返し否定した。

「それでは、劇団卍座にいた当時、あなたは、何をやっていたんですか？」

と、亀井が、きいた。

「今もいったように、台本は座長が書き、舞台の俳優さんが、芝居をやって、私なんかは、大道具をやったり、小道具をやったりしていましたよ。いわゆる裏方の力仕事ですよ。あの頃、同じように、小道具を揃えたり、呼び込みをやってる人が、私のほかにあと二人いましたよ。三人とも若かったので、力仕事は、全部引き受けていたんです」

と、佐伯が、いう。

「ということは、『徐福さん』を上演した時にも、あなたは、大道具を担当していたのですか？」

「ええ、そうですよ。トンカチを持って、走り回っていました」

「その芝居の後、土地の女性と、徐福役を演じた坂口三太郎さんとの仲が、おかしくなって、女性が自殺してしまったそうですが、この事件のことは、ご存じですか？」

「ええ、知っていますよ。私も、あの時の地方巡業に参加していましたからね。でも、私なんかは、今もいったように、裏方の大道具の係でしたから、土地の女性と仲良くなれる坂口三太郎さんみたいないい思いは、全くできませんでした」

と、いって、佐伯は、笑った。

「しかし、この時、坂口三太郎さんは、六十四歳で、これに対して、土地の娘さん、野中弓枝さんというのですが、三十歳ですからね。少しばかり、齢が離れすぎていると、思うのですよ。それで、坂口三太郎さんと野中弓枝さんではなくて、本当は、あなたと、野中弓枝さんが、問題を起こしたのではないかと、考えたんですが、違いますか？」

「違いますよ。私は、関係ありませんよ。今もいったように、私は、その頃、表には出ることのない裏方の人間ですからね。それに、坂口三太郎さんは、六十四歳だったといっても、座長の息子さんだし、主役の徐福を演じていましたからね。土地の娘さんが、ファンになって、坂口三太郎さんとおかしな関係になったとしても、別に、不思議はないと思いますよ。それに、俳優さんは、普通の人よりも若々しいから、三十歳以上離れた女性と関係ができてもおかしくはありませんよ」

「佐伯さんは、二年前に、劇団が解散してから、次々に文学賞をもらって、あっという間に、売れっ子作家になってしまった。しかし、佐伯さんの経歴を見ると、本名は、早瀬秀一というだけで、劇団卍座にいたことは、全く書いてありませんね。それは、どうしてですか？　劇団卍座にいたことを公表することで、何か都合の悪いことでもあるんですか？」

「都合の悪いことなんて、何もありません。ただ、何回もいいますが、あの劇団で、私は、トンカチを持ってウロウロしていただけで、何の役にも立っていなかったんですよ。舞台の上で、芝居をしたわけでもないし、演出をやったわけでもありません。台本も書きませんでした。ですから、経歴を聞かれたとき、劇団にいたことは、あえていわないのです。何もしていませんでしたから」

と、佐伯が、いった。

十津川は、このままでは、堂々巡りだと思い、話題を変えて、

「猫は、お嫌いですか?」

と、聞いた。

佐伯は、エッという顔になって、

「どうして、そんなことをお聞きになるんですか?」

「作家の方というのは、たいてい、猫や犬を可愛がっていると聞いたんですよ。日頃、一人で、孤独な作業をしているので、どうしても、手元に可愛らしい猫や、忠実な犬を置きたくなるという話を聞いたこともあります。しかし、この別荘には、猫も犬もいませんね」

「私は、犬や猫を飼うのは、あまり、好きじゃないのです」

と、佐伯が、いう。

「どうしてですか？」

「私は、まだ三十八歳です。猫や犬を飼っても、たぶん、私より先に死んでしまうでしょう。そんな目にあうと、悲しくなって、二度と飼いたくなくなるんだと、人から、聞いたことがあって、それで、犬や猫を飼うことをやめたんです。ですから、犬や猫が、嫌いだというわけじゃありませんよ」

「劇団卍座では、坂口三太郎さん、芸名は、坂口弓太郎さんですが、やたらに猫が好きで、巡業にも、猫を連れていったそうですね。それも二匹。佐伯さんから見ると、そういう坂口三太郎さんというのは、困った存在でしたか？」

と、亀井が、きいた。

「別に、困ったりはしませんよ。坂口三太郎さんが、猫を可愛がるのは、三太郎さんの勝手だから」

と、佐伯が、いう。

「そうですか。他人が猫を飼うのは、構わないんですね？　気にならないんですね？」

「ええ、そうですよ。今もいったように、私は、猫が嫌いというわけじゃありません。ただ、自分より先に死んでしまうのが嫌なんです。僕も、猫の世話は、しましたし」

と、佐伯は、繰り返す。

「佐伯さんは、あっという間に、有名になってしまいましたが、半年ほど売れない時期があったみたいですね。あなたが、まだ新人の頃ですよ。その時に、地方新聞の連載を、頼まれていますね？」

「そんなこともありましたが、それが、何か？」

「それを、エッセイに書かれたことがありましたね。それを読んだんですが、一回分が原稿用紙三枚、挿絵画家と作家のあなたの二人分コミで、原稿料が一万円だった。とにかく安かったが、地方新聞の連載のおかげで、半年間食べるのには困らなかった。そう書いていらっしゃいますね」

「その話は、本当です。しかし昔の話ですよ」

「その時の、地方新聞の連載ですが、その一回分をコピーしてきました。作・佐伯秀介、画・大野修《おおのおさむ》とあります」

「ああ、そうでした。挿絵を描いてくれたのは、大野さんでした」

「エッセイには、こう書かれています。『作家としての私も未熟だったが、挿絵のほうも、ひどかった。あれでよく新聞の挿絵が務まるものだと、思った。素人《しろうと》の私が見ても、プロとは、とても思えない、ヘタな絵である』と。ところで、この大野修という挿絵画家ですが、調べたところ、本名が大川修太郎で、絵の勉強中だったので安くても喜んで描いていたが、その後、全く挿絵の注文が来なくて、アマチュアとして、絵を描いていたそうです。実は、この大川修太郎さんですが、最近、亡くなっているんです。佐伯さんは、地方新聞の連載の後、この挿絵を描いた大野修さん、本名、大川修太郎さんに会ったことはありますか？」

十津川が、きいた。

「いや、全く会っていません。こんなことはいいたくないが、絵がヘタだったことは、よく覚えていますよ。あれは全くの素人の絵です」

と、佐伯が、いった。

「そうですか。確認しますが、大野修さん、本名、大川修太郎さんには、この連載の後、一度もお会いになったことは、ないんですね？」

「ええ、一度も、会っていません」

「もう一つ、お聞きします。さっき、お茶を淹れてくださった若い女性ですが、お名前は、何とおっしゃるんですか？」

十津川が、きいた。

「どうして、そんなことを、お聞きになるんですか？」

「ちょっと気になったものですから、お聞きしただけです」

「飯島由美《いいじまゆみ》さんです」

と、佐伯は、ぶっきらぼうに、いった。

3

十津川は、東京に戻ると、もう一度、江戸川区で駄菓子屋をやっている、元卍座の劇団員、酒井浩一を訪ねた。

酒井は、十津川の顔を見るなり、

「この間、全部話した。話すことは、もう何もないよ」

「先日、軽井沢に行って、佐伯秀介さんに会ってきました」

「よく会えたな。俺なんかが、昔のよしみで会いたいといっても、けんもほろろに、断られるだろうな。あいつは、なぜか昔のことに、触れられたくないみたいだ。あんたは、サインでもしてもらってきたのか？」

「サインは、もらいませんでしたが、佐伯さんに会って、例の『徐福さん』について、話を聞きましたよ。そうしたら、あの脚本を書いたのは自分ではなくて、座長さんだといいました。卍座の芝居の脚本は全部、座長さんが、書いた。自分がやったのは、それを清書したり、漢字の誤りを直すくらいのことだと、そういっていました」

「おかしいな。それは、ウソだよ。脚本は、座長が書いたことになっていたけどね、本当は全部、早瀬秀一が書いていたことは、ほとんどの団員が知っていたからね。あいつは、どうして、そんなウソを、つくんだろう？」

「こうも、いっていました。自分は、座長の書いた脚本の字の間違いを直したりした。それで、劇団員のみんなに、本当は、早瀬のヤツが書いたんだろうと、思われているのは仕方がない。しかし、『徐福さん』を含めて、脚本は全部、座長さんが書いたと、いってるんです」

「それなら、どうして、あいつだけ給料がよかったんだろう？　俺たちなんかは、早瀬が、脚本を書いているから、あいつだけ、給料が高いんだろうといっていたけどね。清書しただけというのは、意外だったな。それにしても、あの座長が、脚本を書けるとは知らなかったよ」

酒井は、やたらに、首をひねっていた。

「酒井さんは、坂口三太郎さんのことをよく覚えていますか？」

亀井が、きいた。

「ああ、もちろん、よく覚えているよ。何しろ、座長の息子だからね」

「坂口三太郎さんに対して、どんな印象を持っていました？」

「正直いって、芝居は、ヘタだったね。どういうわけか、あの『徐福さん』だけは、上手かった。あれは、三太郎さんが地のままでやれる役だったからだろう」

「坂口三太郎さんは、猫が大好きで、巡業先にも、子猫を二匹、ケージに入れて、連れて歩いていたという話を聞いたんですが、酒井さんも、その猫を見たことがありますか？」

「あるよ。坂口さんが、巡業に子猫を連れていたのは、みんな知っていたからね」

「坂口三太郎さんは、『徐福さん』では、主役の徐福をやったんでしょう？　それで、よく子猫の面倒を見る時間が、ありましたね」

十津川が、いうと、酒井は、声を立てて笑った。

「それは、楽ちんだよ。何しろ、猫の世話は、ひまな劇団員にやらせてたんだから」

「それは早瀬秀一さんのことですか？」

「ああ、そうだ。そのくせ、猫のエサとかおしっこのことで、坂口さんがあれこれ細かいことをいうんで、早瀬のヤツ、参っていたね」

「『徐福さん』の時は、坂口三太郎さんは、自分で、猫の世話はしなかったということですか？」

「猫を可愛がるのは、坂口三太郎さん、その世話をするのは、早瀬秀一。そんなふうに決まっていたんだよ。だから、早瀬のヤツ、いつも文句をいっていたよ」

と、酒井が、いう。

「猫の世話というのは、大変でしょう？　特に、巡業中は、早瀬さん自身の仕事もあるだろうし、その上、子猫の世話じゃ大変だ」

「そうだよ。特に子猫の世話は、大変なんだ。それで、ずいぶんと早瀬はブツブツ文句を、いっていたが、飼い主の坂口さんのほうは、呑気《のんき》な性格だから、早瀬が苦労してることなんか、てんで考えていなかったんじゃないかな？　早瀬は、猫を蹴飛ばしたりしてたが、坂口三太郎さんの悪口もいっていたよ」

「軽井沢の別荘でも、六本木のマンションでも、佐伯秀介さんは、猫を飼っていないんですよ。飼い主より先に死んでしまうのが嫌だから、飼わないんだといっていましたが、劇団にいた頃の辛い思い出があるので、猫を飼わないのかもしれませんね」

「たぶん、そうだと思うよ。劇団の頃、猫に当たっていて、逆に、引っかかれて、血を出していたことがあったからね」

と、酒井は、言葉を続けた。

「今、あいつのいってることは、全部ウソだよ。本当のことなんか、何もないよ」

「クソミソですね」

「そうさ。あいつは、偉くなってすっかり変わっちまった」

「どうして、佐伯さんのいうことが、ウソだといえるんですか？」

「俺は、座長が、早瀬のヤツに頼んでいるのを聞いてるんだ。今、徐福の芝居をやれば、絶対にうける。だから、『徐福さん』というタイトルの芝居の台本を書いてくれ。そういってたんだ」

「しかし、佐伯秀介さんは、その『徐福さん』の台本も、座長が書いたと、いっていましたよ」

「何を遠慮しているのかね？　あいつらしくないな」

「それから、猫のことは、こういっていましたよ。たしかに、坂口三太郎さんは猫好きで、子猫を二匹、巡業中も、連れ歩いていたのは知っていたと」

「その猫の世話をするのが、自分の役目だったということは、早瀬のヤツ、認めたんだな？」

「ええ。ただ、大変じゃなかった。子猫なので、結構楽しかったと、いっていましたよ」

「そりゃウソだな。早瀬秀一が、猫の世話をやっていたのは、確かだ。坂口三太郎さんに、いわれてやってたんだ。しかし、いつもブツブツ文句をいっていて、とても楽しそうじゃなかった。いつだったか、子猫に顔を引っかかれて、早瀬のヤツ、怒って、その子猫を蹴飛ばしていたらしい。何で、ウソをつくのかね？　早瀬は、猫が嫌いなんだよ。俺にも、そういっていた」

と、酒井が、いった。

「じゃあ、喜んで、猫の世話をしていたわけじゃないんですね？」

「ああ、そうだ。早瀬は、しょっちゅう怒っていたよ。何で、俺に、猫の世話なんかさせるのかって」

4

「少しずつ分かってきたよ」

と、十津川がいった。

「佐伯秀介にとって、卍座の劇団員だったことは、忘れたい、いや、自分の人生から、消してしまいたいことなんだ」

「猫のこともですか？」

「そうだろう。たぶん、子猫の世話をすることは、佐伯にとって、屈辱そのものだったんだよ。劇団で、誰が、どんなふうに扱われるのかは、私は、知らないが、小さな劇団では、おそらく、座長は独裁者だ。それは、間違いない。だから、座長には、誰も逆らえない。次に力を持っていたのは、役者で、座長の息子の坂口三太郎だったろう。売れっ子女優の一色かえでこと、金子芳江も、そのあたりに入る。そうなると、役者でもなく、猫の世話をしていた当時の早瀬秀一は、劇団員の中でも、いちばん下に、位置していたんじゃないかと思う。座長の代わりに脚本を書いていたということで、少しは、大事にされたかもしれないが、それでも、当時の早瀬秀一は下っ端で、猫の世話をさせられていたんだから、屈辱的な生活だったに違いない。だから、人気作家になった、佐伯秀介にとっては、卍座の劇団員時代のことは、忘れたい、なくしてしまいたい過去だろうと思うね」

「猫もですか？」

「ああ、そうだよ。猫のことだって、佐伯秀介にとっては、暗い、屈辱的な思い出だろう」

「それでは、坂口三太郎を殺したのは、佐伯秀介こと早瀬秀一だと思っておられますか？」

「今のところ、犯人は、佐伯秀介こと早瀬秀一か、行方不明の野中弥生のどちらかだと思っている」

「その野中弥生の件ですが」

と、亀井が、いった。

十津川は、笑って、

「軽井沢の佐伯の別荘で会った女がいた。彼女が、野中弥生ではないかと、カメさんは、思っているのか？」

「そうです。顔は、私たちが知っている野中弥生とは、違いました。あれは、整形手術を受けているんですよ。顔は違っても、野中弥生の可能性があります」

「その可能性はあるが、どうやって証明するんだ？」

「警部は、何か考えているんですか？」

「これを、今から、鑑識に持っていく。そうすれば、はっきりする筈だ」

十津川は、ポケットから、ハンカチに包んだボールペンを取り出した。

「そのボールペンは、何ですか？」

「軽井沢の別荘に行った時、彼女が持っていたボールペンだよ。借りて、返すのを忘れた」

と、いって、十津川が、笑った。

5

野中弥生の指紋は、彼女が住んでいたマンションから採取し、軽井沢の別荘から持ってきたボールペンに付いていた飯島由美と名乗る女性の指紋と照合された。

鑑識から、二つの指紋が、一致したという報告がされると、十津川はすぐ、西本と日下の二人に、飯島由美を逮捕するようにと、指示して、軽井沢に急行させた。

数時間後に、軽井沢に行った西本刑事から連絡が入った。

「逃げられました」

と、西本が、いう。

「佐伯は、何といっているんだ？」

と、十津川がきく。

「知らないうちに、姿を消してしまったと、いっています」

「佐伯は、女がいなくなったことについて、どういっているんだ？」

「今もいったように、気がついたらいなくなっていた。それだけです」

「女との関係については？」

「佐伯秀介がいうには、ベストセラー作家になってから、突然、若い女性が何人も、秘書にして欲しいと、押しかけてきたそうです。その中の一人が飯島由美で、頭がいいし、編集者との応対もきちんとしているので、そのまま秘書にした。佐伯は、そういっています」

「ウソだな」

「同感です。佐伯秀介は、明らかに、ウソをついていますが、ウソだといい切るだけの証拠がありません。それでも、逮捕しますか？」

日下が、きく。

「君たちは、しばらく軽井沢に留まって、佐伯秀介を監視してくれ」

十津川は、流行作家の佐伯秀介のこと、その佐伯に、野中弥生が、整形手術で顔を変え、飯島由美という名前で近づいていたこと、飯島由美を逮捕しようとしたら、寸前のところで逃げられたことなどを、京都府警に、ファックスで知らせた。

それを見て、安藤《あんどう》警部が、今後の捜査方針の相談をしたいと、吉田《よしだ》という刑事を連れて、東京にやって来た。

十津川は、捜査本部で、安藤警部たちに会った。

十津川は、この日、新宿の行きつけの店で、夕食に天ぷらを食べながら、話し合った。

十津川と同席したのは、安藤、吉田それに亀井の三人である。

「卍座という劇団で、芝居の台本や、問題の『徐福さん』のシナリオを書いたのは、ポスターにある劇団の座長ではなくて、佐伯秀介、劇団員時代は、本名の早瀬秀一を名乗っていましたが、彼だと分かって、少し捜査も進展しましたね」

と、安藤が、いった。

「野中弥生の姉、野中弓枝が、自殺した件ですか？」

「そうです。今まで、われわれは、野中弓枝が、『徐福さん』の芝居で、徐福の役をやった坂口三太郎といい仲になって、その坂口三太郎の態度が冷たくなったので、自殺したと考えていました。しかし、『徐福さん』の脚本を書いたのが、本当は、当時、劇団にいた早瀬秀一、現在の売れっ子作家、佐伯秀介だと分かって、われわれが、勘違いをしていたことが分かりました」

「野中弓枝が自殺したということは、間違いないんですか？」

「こうなってくると、それも、少しばかり怪しくなってきました。今まで、われわれも伊根町の人々も、野中弓枝は、芝居で徐福を演じた坂口三太郎との愛情のもつれで、自殺した。そう考えていたのですが、どうも違うようです。野中弓枝は、伊根町で、資産家の長女として生まれています。野中弓枝は、友だちにも、家の人にも、徐福は、すてきといっていたので、家族も、われわれも、てっきり、徐福役を演じた坂口三太郎と、付き合っていたものと思い込んでしまっていたのです。しかし、坂口三太郎は、その時、六十歳を過ぎていましたから、三十歳の野中弓枝と愛し合っていたというのは、少しばかり不思議に思えてくるんです。本当は、彼女は、坂口三太郎とではなくて、『徐福さん』の脚本を書いた早瀬秀一と関係があったのではないか。われわれも、野中家の人間も、そして、伊根町の人たちも、早瀬秀一などは、全く眼中になかったんです。何しろ、当時の早瀬秀一は、劇団の中で、いちばんの下っ端で、トンカチを持って、大道具係をやっていたという、そんな印象しかありませんでした。野中弓枝は、早瀬秀一が、『徐福さん』の脚本を書いた本当の作者だということを知っていて、それで付き合うようになったんだと思います。友だちの話によると、野中弓枝は、十代の頃から文学少女で、いろいろな本をよく読んでいたといいますから、役者ではなくて、作家に憧れていたんだと思います」

と、安藤が、いった。

「それで、野中弓枝は、どうして、自殺してしまったんですか？」

十津川が、きくと、安藤は、

「これは、京都府警の推測なんですが、『徐福さん』の芝居が成功したので、作者の早瀬秀一は、自分の才能に、自信を持ったのではないでしょうか？　そして、大衆演劇の劇団で、大道具の係をやっているのが、バカバカしくなったんだと思いますね。それで、作家になろう、作家として有名になろうと思ったのではないか。ただ、作家になるためにも、さしあたって、ある程度の金が要る。仕事をやめて小説を書いていくとしたら猶更《なおさら》です。しかし劇団での彼の地位は低かったから貯金もなかったと思うのです。そこで、野中弓枝に近づいていった。彼女は、伊根町で、資産家の長女として知られていました。野中弓枝は、貯めていた三百万円を、自殺する前に、銀行から、全額下ろしているんですよ。その三百万円を、彼女は、作家になろうとしていた、早瀬秀一に渡したのではないでしょうか？　ところが、早瀬秀一のほうは、金さえ手に入れば、野中弓枝は、足手まといです。そこで、彼女を捨て姿を消してしまった。それで愕然《がくぜん》とし、絶望した野中弓枝は、自ら命を絶った。われわれ京都府警は、そう考えています。早瀬秀一が、その三百万円を手に入れようとして野中弓枝を殺したという可能性も考えられます。その時、早瀬秀一は、いつも世話をさせられていた坂口三太郎の子猫二匹を、天橋立の近くにある智恩寺の境内に捨てたと思われます。巡業中に猫の世話をさせられていたのが、よほど悔しかったのだと思います。坂口三太郎のほうは、必死になって猫を探したと思います」

「なるほど。安藤さんの説明で、すっきりしました」

と、十津川が、いった。

「六十歳すぎの坂口三太郎と、三十歳の野中弓枝の関係というのは、リアリティがないと思います。もちろん、三十歳以上齢が離れていても、愛し合う男女は、いるでしょうが、この関係だけは、少しばかりおかしいと、思っていたのです。逆に、野中弓枝の相手が、早瀬秀一ならば、納得できます」

「それにしても早瀬秀一が、今、売れっ子作家の佐伯秀介だとは、全く考えていませんでした」

安藤が、小さく肩をすくめた。

「佐伯は、昔の自分を忘れよう、過去を消し去ろうとしています。佐伯にとって、劇団員だった頃が、よほど屈辱的だったんだと、思いますね」

「しかし、過去というのは、そんなに、簡単には消せないでしょう？」

「そうです」

と、十津川が、肯いた。

6

夕食が済むと、十津川たち四人は、捜査本部に戻って、話の続きをした。

十津川は、野中弓枝と野中弥生の姉妹の写真を、壁に貼った。この二人に加えて、画家の大川修太郎の写真も、その横に並べて貼った。

「今回の一連の事件で、この三人のうち二人が亡くなり、一人が、現在、行方をくらましています。第一の問題は、この三人と佐伯秀介こと早瀬秀一との関係です」

十津川が、いう。

「たしかに、佐伯秀介が、今回の事件の大きなカギを握っていることは、間違いないでしょうね」

と、安藤がいう。

「野中弓枝ですが、京都府警は、今は、どう考えているんですか？　やはり自殺ですか？」

と、十津川が、きいた。

「今は、われわれはまだ自殺と考えています。伊根町の人たちも、殺されたとは思わず、自ら命を絶ったと、思いたがっているみたいですね。私には、そう見えます」

「早瀬秀一が、野中弓枝を殺して、三百万円を手に入れた可能性も、あるわけでしょう？」

と、亀井が、きく。

「もちろんありますが、そのためには、早瀬秀一が、泳ぎができて、また、小舟の操縦もできることが、証明されなければ駄目です。それができれば、早瀬秀一が、野中弓枝を殺したという可能性が、濃くなってきます」

「妹の野中弥生は、姉の死について、自殺だと、考えているんでしょうか？」

「その点は分かりませんが、姉が、殺されたにしろ、自ら命を絶ったにしろ、そうさせたのは、芝居で徐福を演じた坂口三太郎だと思い込んで、姉の仇を討つつもりで、東京にやって来たと、われわれは、見ています」

「誰でも分かるようなストーリーになってきますね。坂口三太郎が、東京の谷中で『カフェ猫×1』というカフェをやっているのを知って、彼女は押しかけていった。彼女が、坂口三太郎を殺したかどうかは、今後の捜査にかかってくると思うのです」

「野中弥生が、犯人なら、姉の仇を討ったことになります」

と、亀井が、いった。

「そうなると、画家の大川修太郎を殺したのも、野中弥生ということに、なってきます。大川修太郎は好んで、彼女をモデルにして絵を描いていましたが、彼女が、坂口三太郎を憎んでいることを知ってしまった。野中弥生は、それがバレるのを恐れて、大川修太郎を殺したことになりますかね？」

「しかし、大川修太郎殺しの犯人が、佐伯秀介ということも、十分に考えられますね」

と、安藤が、いう。

「その通りです。もちろん、その可能性も大きいと考えています」

十津川は、肯いた。

「ただ、彼が犯人だとすると、動機は、現在の流行作家の地位を守ろうとしたということになりますね」

と、十津川が、いった。

最後は、今後の捜査方針をどうするのかということになった。

まず、十津川が、

「流行作家の佐伯秀介の収入を調べてみました。これは、税務署に行って調べたのですが、去年一年間の収入は、五億円を超えていました」

と、報告した。

「それは、少しばかり危ないですね」

安藤が、いった。

「同感です」

と、十津川が、肯く。

「事件の犯人が、野中弥生なら、それほどの不安はありません。逃げている野中弥生を見つけ出して、逮捕すればいいのです。しかし、佐伯秀介が犯人の場合は、少しばかり、状況が変わってきます」

「とにかく、年間五億円の収入がある人間ですからね。誰かが、佐伯のことを調べて、脅迫する恐れもあります。そうなると、佐伯秀介も、自分の秘密を守るために、相手を殺しかねません」

「一人だけ、いますね」

と、京都府警の吉田刑事が、いった。

ほとんど同時に、ほかの三人も、

「金子芳江」

その名前を口にした。

金子芳江、劇団卍座では、一色かえでという芸名で、華やかな娘役として、人気を集めていた女優だった。『徐福さん』の芝居でも、徐福のことを尊敬し、やがて好きになる町の娘に扮している。

そう考えると、一色かえでこと金子芳江が、『徐福さん』の台本を書いたのは、座長ではなくて、早瀬秀一だと知っていた可能性は強い。

その金子芳江は、今、丹後方面に行っている。

何をしに行ったか、だいたいの想像がつく。今、売れている作家の佐伯秀介と、自分がよく知っている早瀬秀一とが同じ人間かを調べに行ったのだろう。

もう一つ、伊根町の野中弓枝が自殺した事件を、ほじくり返して、早瀬秀一が関係している証拠がつかめたら、佐伯秀介を強請《ゆす》ることができる。そんなことも考えて、金子芳江が、突然、向こうに行ったのではないかという疑いだって、生まれてくるのだ。

翌朝、軽井沢にいる西本と日下から、電話が入った。

「今、佐伯秀介が、軽井沢の別荘を出ました。軽井沢駅に向かっているようです。われわれも、彼を尾行して、軽井沢駅に行こうと思います」

と、西本刑事が、いった。

十津川は、容疑者が、動き出し、次の事件が起きる可能性が出てきたと、思った。

第七章　終局

1

十津川は、事件が、終わりに近づいていることを感じた。

今までに、何人かの容疑者が浮かんできていたが、現在は、作家の佐伯秀介こと、早瀬秀一、一人に絞っている。

その佐伯秀介が、軽井沢の別荘から動き出した。

「なぜ、急に、佐伯秀介は、動き出したんでしょうか？」

と、亀井が、首をかしげる。

「二つの理由が考えられるね。現時点で、佐伯秀介には、一人だけ、自分にとって、危険な人間がいる。その人間の口を、封じるために動き出したと考えるのが、第一の理由だ。

第二の理由は、佐伯秀介が犯罪を犯したことを、知っている誰かが、彼を強請っているのではないかということだ。佐伯は、その人間に会うために呼び出されて軽井沢の別荘を出たのではないか。多分、このどちらかだろう」

「そのどちらにしても、現在、佐伯秀介が会おうとしている人間は、一色かえでこと、金子芳江か、あるいは、野中弥生のどちらかしかいませんね」

亀井が、いうと、

「そうだろうね。私にも、その二人しか考えられないよ」

と、十津川が、応じた。

佐伯秀介が、朝早く軽井沢の別荘を出たことは、別荘を見張っていた西本と日下の二人の刑事が、十津川に知らせてきた。佐伯秀介が、どこに、行こうとしているのか、彼を尾行している、西本と日下の二人の刑事から連絡が入るだろう。

十津川は、しばらくは、西本と日下からの連絡を待つことにして、その間に、今回の事件を総括してみることにした。犯人を逮捕した時、疑問が残らないように、しておきたかった。

そこで、亀井と二人、問題点を、拾っていくことにした。

「最初は、猫だな」

と、十津川が、いった。

「坂口三太郎が、谷中でやっていた、カフェには、三匹の猫がいた。一匹は、坂口三太郎の猫で、フロアマネージャーをやっている弓太郎というオスの猫で、もう一匹、子猫がいた。それから、カフェに転がり込んできた野中弥生が拾ってきたと称する、パトラというメス猫がいた。そのカフェが、放火された後、店の中では、坂口三太郎の死体が、発見された。猫のほうは、子猫は死んでいたが、弓太郎というオス猫と、パトラという野中弥生が拾ってきたメス猫は、いなくなっていた。猫についてはこれで、間違いないね？」

「その通りです」

「カメさんは、この二匹が、現在、どこにいるのか、想像がつくかね？」

十津川が、亀井に、きく。もちろん、十津川自身も、一つの答えを持っていての質問である。

「その二匹の猫については、時々考えるときがありました。現在、どこにいるのか分かりませんが、坂口三太郎と、野中弥生が、どうやって、その猫を手に入れて、店で、飼っていたのかの想像はつきます」

「そのほうが知りたいね」

「坂口三太郎が飼っていた弓太郎というオス猫についてですが、坂口三太郎が入っていた卍座という劇団が、解散しました。多分、旅先、それも伊根町で問題があって解散したんだと思います。坂口三太郎が連れ歩いていた二匹の子猫は、佐伯秀介こと、早瀬秀一が、日頃の怒りを、爆発させて、坂口に黙って、智恩寺の境内に、捨ててしまったことは、はっきりしています。坂口三太郎は、劇団が解散したので、東京に帰ることになったが、猫がいなくなった淋しさから、あの辺りで、野良猫を拾い、それをケージに入れて、東京まで、連れて帰ったのではないかと思います。劇団解散の記念にです。その時、彼は見納めに、天橋立に行ったろうと思います。そこでも地元の猫との交流があったのではないでしようか。その後、弓太郎という名前を付けて、自分が始めた谷中のカフェで飼っていたのだろうと、私は、考えています。野中弥生が拾ってきた子猫ですが、彼女が、どこかで見つけた猫と考えて、間違いないでしょう。谷中のあの辺りには、野良猫が多いと聞きましたから、メスの子猫を拾ってきて、坂口三太郎の店に転がり込んだのでしょう。坂口三太郎が猫好きなことを知っていて、拾った子猫を持っていけば、店で働かせてくれるのではないかと計画したのだろうと思います。坂口三太郎は、野中弥生が、若い女性であること、それに、猫が好きらしいと思い、喜んで、野中弥生を店員として雇ったのではないかと思います」

「その時、坂口は、野中弥生が野中弓枝の妹と知っていただろうか？」

「それは分かりませんが、知っていてもかえって親しみを感じて、雇ったと思います。坂口は野中弓枝の死に無関係だったわけですから」

「しかし、野中弥生のほうは、姉の死は、坂口のせいだと思っていた?」

「そうです」

「それで、彼女は、犯行に及んだわけだな?」

「そうです。おそらく、野中弥生は、隙を見て、坂口三太郎を刺し、店に火をつけたのです。ただ、ヘタをすると、二匹の猫が死んでしまいます。猫に優しい野中弥生は、そうした事態には、耐えられなくて、一匹は前もって連れ去り、他の二匹の猫も逃がそうとしたのでしょう。しかし、生まれたばかりの、子猫は、逃げ遅れて、死んでしまったのだと思います。他の一匹は逃げたのだと考えます。そう考えるのが自然ですから」

「猫といえば、もう一匹いたね」

「もう一匹ですか?」

「そうだよ。智恩寺の参道で、食堂をやっていた女主人が、いたじゃないか?」

「ああ、そうでした。思い出しました」

「その女主人は、智恩寺の境内で、二匹の猫を見つけて、拾ってきたといっていた。その猫は、今、カメさんが、いったように、佐伯秀介こと、早瀬秀一が、坂口三太郎に腹を立てて、智恩寺の境内に、捨ててしまった二匹だよ。そのうちのオス猫のほうは、突然、いなくなったと、食堂の女主人は、証言している。このオス猫は、誰かが盗んだのではないかね？」

「私は、その猫は最初、坂口三太郎のカフェにいたオス猫だと思っていたのです。しかし、天橋立の食堂から、わざわざ、盗んで、東京まで連れていったとは、とても思えないのです。そうなると、智恩寺の近くの食堂から、オス猫を持ち去ったのは、もう一人の女性、一色かえでこと、金子芳江だと、考えるようになりました。金子芳江は、今も、その猫を飼っているに違いないと、思います」

「金子芳江が、どうして、そんなことをしたのか、その理由は、想像がつくかね？」

「金子芳江は、一色かえでという芸名で、劇団卍座の花形女優でした。つまり、劇団のことも、劇団員のことも、どちらも詳しく知っていたということになります」

「その通りだ」

「もちろん、彼女は、早瀬秀一という、当時の劇団では、いちばんの下っ端だった男のこともよく知っていた筈ですが、今や、佐伯秀介という名前で、億単位の収入のある流行作家になっていることを、知りました。その上、劇団員のことに詳しかった芳江は、野中弓枝の死に関係があるのは、坂口三太郎ではなく、早瀬秀一らしいことにも、気づいていたのではないか。その早瀬が、今や佐伯秀介という流行作家になった。そこで、金子芳江は、佐伯秀介を強請《ゆす》ることを考えたのではないでしょうか？　彼女は、佐伯秀介が、二年前、坂口三太郎に腹を立てて、坂口三太郎が飼っていた子猫を、劇団が解散した時に、盗み出して、智恩寺の境内に捨てたということを、誰かから、聞いたのです。そこで、自分は、何でも知っているんだということの証拠の一つとして、その一匹を手に入れて、子猫をダシにして、佐伯秀介こと、早瀬秀一を強請ろうと考えたのではないかと思うのです。たぶん、二匹のうちのオス猫のほうが、体のどこかに、特徴があって、一目で、昔、坂口三太郎が可愛がっていた猫だと分かる。つまりは、早瀬秀一が、怒りに任せて、智恩寺の境内に捨ててしまった猫であることが分かる、そんな特徴があったのではないかと、思うのです。そこで、金子芳江は、オス猫のほうをさらってきて、その猫を、佐伯秀介に、見せたのではないでしょうか？　つまり、お前がやったことは、全部知っているんだぞという脅しとしてですよ。それ以外には、オス猫をさらった理由の見当がつきません」

「なるほどね。今のカメさんの説明には、私も、だいたい納得したよ。次は、野中弥生だ。佐伯秀介は、軽井沢に別荘を持ち、そこで小説を書いていた。そこに、若い女性がいた。その女性は、すぐ姿を消してしまったが、顔を整形した野中弥生だったことが、分かっている」

「野中弥生は、姉の弓枝を、自殺に見せかけて殺したのは、坂口三太郎だと思い込んでいたと、思うのです。そこで、坂口三太郎の行方を、探しました。そして、劇団が解散した後、坂口三太郎は、東京の谷中で、『カフェ猫×1』というカフェをやっていることを知って、そこに猫をダシにして入り込みました。坂口三太郎は、野中弥生のことを知っていたのか分かりませんが、知っていたとしても、野中弥生の姉、弓枝を殺してはいませんから、安心して、それに懐かしさもあって、メス猫と一緒に店で雇うことにしたんだと思います。彼は無実ですから、何の警戒もなく、野中弥生と、接していたのではないでしょうか？　野中弥生のほうは、坂口三太郎こそ、姉の仇であると思い込んでいますから、相手の油断を狙って、ナイフで刺殺し、店に放火をして、行方をくらましました。そのあと、野中弥生が会いにいったのは、昔、早瀬秀一という名前で、劇団にいて、今は、流行作家になった佐伯秀介ではないかと思うのです。佐伯は、野中弥生が、姉の仇だと思い込んで、坂口三太郎を殺したことを知って、これで、自分が疑われることはないと思って、ホッとしたのでは、ないでしょうか？　だから、野中弥生を、軽井沢に置いたのです。しかし、刑事が軽井沢まで来たので、野中弥生は、自分を追ってきたと考えて、姿を消したのだと思います」

「それで、現在、彼女が、どこにいるか分かるか？」

「それは、私にも、分かりません。問題は、現在の野中弥生が、姉の死について、真相を知ったかどうかということです。姉を死に追いやったのは、坂口三太郎ではなくて、佐伯秀介こと、早瀬秀一だと気がつけば、これからでも佐伯を狙うと思います。気づいていなければ、自分が、坂口三太郎殺しの容疑者として警察に追われていると考えて、いつまでも、表には出てこないと思います」

「最後は、金子芳江だ。金子芳江は、おそらく、流行作家の佐伯秀介が、昔の早瀬秀一だということを知っていた筈だ。野中弓枝を死に追いやったか、あるいは、殺したことに気がついて、大金を、強請っていたんだろう。もしかすると、今も強請っているのではないかという疑問を、持っているが、確証はない。カメさんは、どうだ？」

「金子芳江ですが、天橋立から伊根町に行ったことが、分かっています。その後、突然、消息が、摑めなくなってしまいましたが、彼女が、殺されたとは考えられません」

「どうして？」

「なぜなら、早瀬秀一時代の秘密を守っていて、資産家といえるのは、佐伯秀介だけです。その佐伯は、われわれが見る限り、軽井沢の別荘にこもって仕事をしていましたから、彼には、金子芳江を、殺す機会はなかったと思います。ほかには、金子芳江を殺そうとする動機を持っている人間は、関係者の中には、いませんから、彼女が死んでしまったとは、まず考えられません。そう考えると、自分から姿を消したと思うのです。なぜ、姿を消したのか。それは、佐伯秀介こと、早瀬秀一を、電話を使って強請っているのではないかと、考えます。そこで、佐伯は、彼女に会うために、軽井沢の別荘からどこかに、出かけました。佐伯が、どこに行こうとしているのかは分かりませんが、彼の行き先に、多分、金子芳江がいるものと考えています」

「金子芳江は、一人で、動いているのだろうか？ それとも、誰か、一緒にいるだろうか？」

「おそらく、一人ではないでしょうか？ 証拠はありませんが、そんな気がします」

「最後は、大川修太郎だが、彼は、誰に殺されたと思うかね？」

「この件も、犯人は、佐伯秀介こと、早瀬秀一しか考えられません」

「では、佐伯が、大川修太郎を殺す動機は何だ？ 何のために、大川を殺さなくてはならなかったと思うね？」

「佐伯秀介は、現在、流行作家になっていますが、売れない時期が、あったといわれています。その時代、地方新聞に、安い原稿料で、連載小説を書いています。その時に挿絵を描いたのが、大川修太郎で、彼はアマチュアでしたが、編集者が、抜擢《ばってき》したのでしょう。その連載の仕事は、二人分コミで一回分一万円だったそうです。その頃の佐伯は、将来、自分が流行作家になるとは、夢にも思っていなかったでしょうから、自分の過去を、挿絵画家の大川修太郎に、いろいろと話していたのではないかと思うのです。もちろん、野中弥生の姉、弓枝を死に追いやったことは、一言もしゃべらなかったでしょうが、全国を巡業する劇団にいたことや、その劇団で、どんな目に遭ったかなどを、大川に話していたのではないかと思うのです。ところが、その後、佐伯は、あっという間に、流行作家になり、年収五億円の人気作家になってしまいました。そうなると、自分の過去は、できるだけ隠しておきたいと思うようになった。その過去には、人を死に至らしめたことも入っていますから、なおさら、過去には触れられたくない。ところが、売れない頃に、一緒に仕事をした大川修太郎は、その佐伯が、現在、流行作家になっていることを知った。それなのに大川のほうは、今も売れない。一緒に苦労した作家が、今や大流行作家になっていることを知って、つい、金の無心をしたのではないかと思うのです。もちろん、大川には、相手を脅かすようなつもりは、全くなかったと思いますが、佐伯秀介にしてみれば、そう受け取らなかったのではないでしょうか？　売れない頃の、劇団のことや、『徐福さん』の脚本を、座長に頼まれて書いたことなどを話してしまっている。そうなると、大川に対する不安が、佐伯には、生まれていたのではないでしょうか？　もちろん、野中弓枝を、死に追いやったことは、大川には、一言もしゃべっていないでしょうが、野中弓枝に絡んだことは、しゃべってしまっていたのではないか。劇団にいた頃、年に一回、伊根町に行ったこと、そこで、『徐福さん』という芝居をやったこと、そんなことを、しゃべってしまっている。ひょっとすると、大川修太郎には、野中弓枝が死んだこと、佐伯が、彼女を死に追いやったことが想像できてしまったのではないか。それで、佐伯は、大川が怖くなってしまったのではないでしょうか。大川が、それをどこかでしゃべったら、そのことから、自分が、野中弓枝を、死に追いやったことが、分かってしまうのではないか？　そうした不安から、佐伯秀介は、大川を殺してしまったのではないか。大川修太郎の口を封じるためにです。そんなふうに考えると、大川を殺す理由を持っている人間は、佐伯秀介しか考えられないのです」

と、亀井が、いった。

2

西本と日下の二人から、携帯で、十津川に最初の連絡が入った。

現在、佐伯は、新幹線「のぞみ」で、京都に向かっている。その「のぞみ」は、まもなく、京都に着くという、知らせだった。

佐伯は京都で降り、京都駅内の山陰本線のホームに、向かって歩いていき、天橋立行きの特急「はしだて」に乗ったという。これが、二回目の連絡だった。

十津川にも、佐伯が、これからどこに、行こうとしているのかが、分かってきた。

間違いなく、向かっているのは、天橋立である。

3

十津川自身も、すぐに、天橋立に行くことを決め、亀井刑事を伴って、捜査本部を出発した。

東京駅から「のぞみ」に乗る。

そこに、西本から連絡が入った。

「今、佐伯の乗った特急『はしだて七号』が、京都駅のホームを、離れました。私と日下刑事も、同じ列車に、乗っています」

十津川が、そのことを告げると、亀井は、

「やっぱり、佐伯は、天橋立に、行くつもりですね。そこには、金子芳江が待っているのかもしれません」

「そうだな。佐伯が、これから、会おうとしているのは、カメさんがいうように、金子芳江と見て、間違いないだろう。彼女は、やっぱり、天橋立に、佐伯を呼び出したんだ」

「もし、金子芳江が、佐伯を、呼びつけたとすると、どうして、天橋立に、したんでしょうか？」

「天橋立から、伊根町にかけては、金子芳江にとっても、佐伯秀介にとっても、いや、早瀬秀一というべきか、この二人にとって、卍座という劇団にいた頃の、さまざまな因縁のある場所だからね。そこに呼びつければ、佐伯も諦めて、大金を払うだろうと、金子芳江は、計算したんだろう」

と、十津川が、いった。

十津川は、持参した文庫大の時刻表を取り出すと、京都発特急「はしだて七号」の時刻を、調べてみた。

時刻表によれば、四両編成の特急「はしだて七号」の運行予定は、次のようになっている。

京都発　十五時二十五分
福知山　十六時五十分

宮津　十七時二十二分
終点、天橋立着　十七時二十七分

西本と日下からの連絡は、引き続き入ってくる。

「佐伯は、現在特急『はしだて七号』の一号車に乗っています。一号車は、前半分がグリーン車で、後ろの半分は、指定席になっています。佐伯は、グリーン車のほうに乗っていて、現在、誰かと携帯で話をしていますが、誰なのかは、分かりません」

と、西本が、話す。

「佐伯は、間違いなく、一人なんだな？　連れはいないのか？」

「今のところ、一人です。連れらしき人間は、見当たりません」

「そうか。今、どの辺を走ってるんだ？」

「今、福知山駅を、出発したところです。あと三十分余りで、天橋立に着くことになっています」

と、西本が、いった。

時刻表によると、京都発の特急「はしだて」の最終は、二十時三十七分発の特急「はしだて九号」である。

これは、宮津までしか、行かないが、宮津から天橋立までは、列車で、五分くらいの距離なのだ。

(その距離ならば、タクシーで行っても構わないな)

と、十津川は、考えた。

三十分ほどして、西本刑事から特急「はしだて七号」が、終点の天橋立に、着いたという連絡があった。

「佐伯が、これから列車を降りるようなので、われわれも一緒に降ります。相変わらず、彼は、一人です」

これは、日下刑事が、報告してきた。

佐伯秀介は、天橋立で降りてから、どうするつもりなのか?

もし、金子芳江にここに呼び出されたのなら、どうしろと、指示されているのだろうか?

その後の西本たちの報告によれば、佐伯は、駅から近いホテルに、チェックインしたという。

もし、佐伯が会おうとしている相手が、金子芳江ならば、彼女は、佐伯に、まっすぐ駅前のホテルにチェックインしろと、指示していたのだろう。

「私たちは、これから、どうしたらいいでしょうか？」

日下が、きく。

「君たちも、そのホテルにチェックインしろ。今日の泊まり客の中に、金子芳江がいるかどうか調べて、すぐに報告してくれ」

と、十津川が指示した。

西本と日下の二人は、佐伯が、エレベーターに乗ったのを見定めてから、「グランドホテル天橋立」に入り、フロントに、警察手帳を見せてから、

「私たちは、このホテルにチェックインしますが、今、入った男には、内密にしておいてください。お願いします」

その後で、西本は、フロントに金子芳江の顔写真を見せて、

「現在、この女性が、ここに、泊まっていませんか？」

フロント係は、時間をかけて、入念に顔写真を見ていたが、

「このお客様は現在、お泊まりではございません」

二人の刑事は、佐伯が入った部屋の、一階下の部屋を頼んだ。

「もし、さっきのお客が、突然、外出するようなことが、あったら、すぐわれわれに連絡してください」

フロント係と、ルームサービス係に頼んでから、二人は、自分たちの部屋に入った。

その後で、日下刑事が、十津川と、連絡を取った。

「佐伯は、天橋立駅前にある『グランドホテル天橋立』というホテルにチェックインしました。佐伯秀介の名前ではなく、本名の早瀬秀一の名前で泊まっています。彼の入った部屋は八階で、われわれは、その一階下の七階に、部屋を取ってもらいました。それから、金子芳江の顔写真を、フロント係に、見せてきいたのですが、今日、ここには、泊まっていないそうです。ウソをついているとは、思えません」

十津川と亀井は、京都駅から特急「はしだて九号」に乗った。

「佐伯は、今日は、相手には、会わないつもりですかね？」

と、亀井が、きく。

「いや、それは分からないよ。今は、携帯電話という便利なものがあるからね。ホテルの代表電話を通さなくたって、相手と簡単に連絡が取れる。われわれの分からないところで、すでに相手と連絡を取り合って、会う場所と時間を、約束しているかもしれないよ」

と、十津川が、いった。

西本との連絡が終わると、待ちかねていたように、十津川の携帯に、今度は、軽井沢の佐伯の別荘を、監視している三田村《みたむら》と、北条早苗《ほうじょうさなえ》刑事から、連絡が入った。

「現在、覆面パトカーを、佐伯の別荘の近くに停めて、車の中から監視しています。今のところ、異変は、何も起きていません。誰かが、別荘に入った様子もありません」

「分かった。引き続き、別荘の監視を続けてくれ。何者かが、その別荘に侵入するかもしれないからね」

十津川と亀井は特急「はしだて九号」を、宮津で降りると、タクシーを天橋立まで飛ばした。

天橋立に着き、駅前を見ると、たしかに「グランドホテル天橋立」という建物が、目に入った。

十五階建ての大きなホテルで、前もって、西本たちに、部屋を予約しておいてくれるように、頼んでおいた。

そこで、まっすぐ「グランドホテル天橋立」に入り、七階に上がっていった。

七階の部屋の一つから、西本と日下の二人が顔を出した。

「隣りの部屋を、確保してあります」

と、西本が、いった。

十津川たちは、ひとまず、西本たちの部屋で、これからの打ち合わせをすることにした。

4

午後十一時を回っていた。

西本が、

「佐伯は、この上の八階に部屋を取りましたが、今のところ外出するような気配はありません」

と、十津川に、いった。

「今、佐伯秀介が、部屋で何をやっているか分かるか？」

十津川が、きいた。

「ルームサービス係に聞くと、佐伯は、ルームサービスで、夕食を取り、その後、十時頃、ワインと果物を、注文したそうです。それを部屋に運んだルームサービス係の話では、部屋の中は佐伯一人で、どこかに、携帯電話をかけていたそうです」

と、日下が、いった。

「ほかに、何か分かったことはないか？」

十津川が、きき、日下が、

「佐伯は、ルームサービス係に向かって、この近くに、K銀行の支店はないかと、きいたそうです」

「それで？」

「ルームサービス係は、駅近くの商店街の中に、K銀行の天橋立支店が、ありますと、教えたそうです」

「銀行を、探しているということは、佐伯は、金を、用意するつもりなんでしょうか？」

と、亀井が、いう。

「おそらく、佐伯秀介は、誰かに強請られて、金を要求されているんだ。だが、早朝に、軽井沢を出たので、明日、銀行が、開いたらすぐ、相手に渡すための金を、引き出すつもりなんだろう」

「相手は、金子芳江ですか？」

「おそらく、そうだろう。ほかには考えられないからね」

と、十津川が、いった。

十津川と亀井が、自分の部屋に入ると、それを、待っていたかのように、十津川の携帯が鳴った。

相手は、軽井沢にいる三田村刑事だった。

「今、佐伯秀介の別荘に、誰かが、入りました。中から明かりが漏れていますから、何かを探しているのかもしれません」

「すぐ、その人間を、逮捕するんだ」

「容疑は、どうしますか？」

「緊急逮捕でいい。身柄を確保したら、連絡してくれ」

と、十津川が、いった。

三田村に、命令しておいて、十津川は、その結果を、待った。

三十分ほど経つと、また、電話が入った。今度は、北条早苗刑事の声で、

「別荘の侵入者を、緊急逮捕しました」

「どんなヤツだ？」

「若い女性です。こちらの質問に対して、一切黙秘していますが、どうやら、野中弥生だと思われます。整形をしたらしく、写真の顔には、似ていませんが、現在、指紋を採って、照合しています。三田村刑事も、野中弥生だろうと、いっています。これから別荘で、尋《じん》問《もん》します」

早苗は、いったん電話を切った。

5

夜が明けた。

佐伯秀介は、ホテルでバイキングの朝食を取ると、外出した。

西本と日下の二人が尾行する。佐伯は駅近くの、商店街の中にある、K銀行の、天橋立支店に入っていき、一時間後に、持参した布製のボストンバッグを、膨らませて、出てきた。

佐伯は、いったんホテルに戻った。

その後、西本と日下が、銀行に入り、支店長に警察手帳を見せて、佐伯のことを質問した。

支店長は、こう答えた。

「先程のお客様が、作家の、佐伯先生であることは、すぐに分かりました。今、いちばんの人気作家ですから。佐伯先生がおっしゃるには、こちらに来てから急に、大きな金額が、必要になった。K銀行の新宿支店に預金があるので、一億円を下ろしたい。そういわれたので、何とか、便宜《べんぎ》を図ることにしました。一億円を現金でお渡しすると、佐伯先生は、持参したボストンバッグの中に入れて、お帰りになりました」

「一億円が必要になった理由は、聞きましたか？」

「いえ、お聞きしませんでした。何か切羽詰《せっぱつ》まった理由がおありのようで、それを感じましたので、すぐに、手続きをして、一億円をお渡ししましたが、何か、問題がありましたか？」

支店長が、心配そうにきく。

西本と日下は、その話をそのまま、十津川に、伝えた。

「一億円ですか」

亀井が、いう。

「問題は、その一億円を、要求した相手だな」

と、十津川が、いった。

「やはり、金子芳江でしょうか？」

「それは、間もなく、明らかになるよ」

十津川は、すぐ、タクシーを二台、用意した。車が必要になるかもしれないと思ったからである。

十二時ちょうどに、佐伯は、一億円が入っていると思われる、ボストンバッグを抱えて、ホテルに呼んだ、タクシーに乗り込んだ。

そのタクシーを、前もって用意しておいたタクシーで、追いかけることになった。

佐伯の乗ったタクシーは、天橋立から、伊根町に向かう海岸沿いの道路を、北に向かって、走っていく。十津川たちの乗った二台のタクシーが、距離を置いて、尾行した。

途中で、十津川は、携帯を、東京の三上本部長にかけた。

「犯人は伊根町にいるのだと思いますが、犯人は、船を使って、逃げる恐れがあります。そこで、本部長にお願いがあります。海上保安庁に、連絡を取って、天橋立の近くに、巡視船を一隻、手配するように交渉していただけませんか？　それがオーケイなら、何という巡視船が動けるのか、その巡視船に、携帯を使って連絡する方法も聞いておいてください。お願いします」

と、十津川が、頼んだ。

「分かった。至急、連絡しよう」

と、三上が、いった。

十津川たちが佐伯を追っている途中で、三上本部長からの返事が入った。

「君たちがこれから行くところは、伊根町だが、その近くだと、舞鶴《まいづる》港に、海上保安部がある。そこに連絡して、巡視船を一隻用意してもらった。名前は『みうら』といって、その巡視船はいつでも出航できるようにしておくといってくれた。船長の名前は小林《こばやし》で、彼の携帯の番号を教える。それにかければ、小林さんが出るはずだ」

と、三上本部長が、いった。

十津川は、その携帯の番号を、手帳に、書き留めた。

予想通り、佐伯の乗ったタクシーは、伊根町で停まり、ボストンバッグを持った佐伯が、タクシーを降りた。

まっすぐ伊根漁港のほうに歩いていく。

十津川たちもタクシーから降りて、間をあけて、その後を追った。

その先に、五トンクラスの漁船が、停泊していて、漁船のそばに、女が一人、立っていた。

帽子をかぶり、サングラスをかけているので、顔は、よく分からないが、どうやら金子芳江らしい。

佐伯が、ボストンバッグを渡すと、それを、女が受け取り、そばの漁船に、そのボストンバッグを放り込んでから、自分も飛び移った。

途端に、漁船がエンジン音を立てて、動き出した。

十津川は、走った。

走りながら、背後に向かって、

「佐伯秀介を押さえてくれ！」

と、大声で、叫んだ。西本と日下の二人が、逃げようとする佐伯秀介に、飛びかかっていく。

十津川と亀井は、漁港の端まで、走っていったが、すでに、漁船は、百メートルほど離れて、沖に向かって、進んでいた。

十津川は、携帯を取り出して、三上本部長に教えられた番号を押した。

「こちら、巡視船『みうら』です」

と、男の声が、いった。かすかにエンジン音が聞こえるから、エンジンをかけておいてくれたのだ。

電話に出たのは、三上が、教えてくれた小林という船長だろう。

「先程、依頼をした警視庁の者ですが、今、伊根町の漁港から、犯人の女性が、一億円の金を奪って、漁船に乗って出航しました。その漁船を捕まえてください。犯人は、金子芳江という三十代の女性です」

と、十津川が、いった。

あとは、海上保安庁の巡視船に委《まか》せるよりほかに仕方がない。

十津川は、その場から引き返して、西本と日下の二人が、緊急逮捕した、佐伯に会った。

佐伯は、十津川と目を合わせると、大きな声で、

「不当逮捕だ！」

と、叫んだ。

「では、これから、不当逮捕ではないことを説明しますから、われわれと一緒に、天橋立まで戻ってください」

と、十津川は、相手を見すえた。

西本と日下の二人を現地に残し、巡視船「みうら」からの連絡を、待つようにといってから、停めておいたタクシーに佐伯を乗せて、天橋立に戻ることにした。

6

京都府警宮津署の一室を借りて、佐伯秀介（早瀬秀一）の尋問を開始した。

佐伯は頑として、野中弓枝や、大川修太郎の殺害を否定した。

しかし、それから一時間後に、海上保安庁の巡視船「みうら」が、金子芳江と、一億円を乗せた漁船を拿捕《だほ》して帰港し、金子芳江に対して、舞鶴署で西本と日下の二人が、尋問

を開始した。

金子芳江のほうが、ポロポロと、自供を始めたので、否認を続けていた佐伯秀介も、次第に態度が変わっていった。

もう一つ、軽井沢で、逮捕された野中弥生も、自分の犯行について、自供を始めた。

野中弥生の自供は、最初のうち、十津川が、ほぼ予想した通りだった。

野中弥生は、最初のうち、姉の野中弓枝を死に追いこんだのは、坂口三太郎と頭から思い込んでいて、姉の仇を討とうと東京に出てきた。彼が谷中で、「カフェ猫×1」というカフェをやっていたので、その店で働き始めた。

その後、坂口三太郎の油断に乗じて、彼を刺し殺し、店に火をつけた。

その時、いちばん幼い子猫は、焼死してしまったが、あとの一匹は逃げた。

その後、前からの知り合いだった、早瀬秀一が、現在、佐伯秀介という名前で、流行作家となって、軽井沢に別荘を持っていることを知って、警察から身をかくすため、そこに、逃げ込むことにした。

なぜか、佐伯は、坂口三太郎を殺した野中弥生に、親切だった。警察に追われていると聞くと、顔を整形したほうがいいといって、その費用まで出してくれた。

多分、佐伯にしてみれば、自分の身代わりを作ってくれた人間が、飛び込んできたので、歓迎したのだろう。

しかし、最初のうち、野中弥生は、佐伯に大事にされて、ほっとしていたが、そのうちに少しずつ、佐伯に対して疑いの目を向けるようになったという。

弥生に対して警戒をゆるめた佐伯は、本音をもらすようになったのである。

例えば、早瀬秀一の頃から、他の劇団員をバカにしていたこと、特に坂口三太郎は、座長の息子だということで、大事にされていたが、俳優としての才能はなく、『徐福さん』で人気が出たが、あれはボクが、彼に合わせて、脚本を書いたからだと、バカにしていた。

そんなことから、姉の弓枝が、そんな坂口三太郎に惚れる筈がないと、思うようになった。とすると、誰が姉を死に追いこんだのか、分からなくなり、そのうちに、佐伯秀介こと早瀬秀一ではないかと、疑うようになった。

そのうちに佐伯は、姉のことを話すとき、「弓枝」と呼びすてにするようになった。それが、決定的な疑惑につながっていった。

そう感じると、佐伯にも彼女の疑いが反射して、いつ殺されるか分からず、弥生は、逃げ出した。

弥生が佐伯を疑い出すと、他にも彼を疑っている人間がいることに気がついた。

それは金子芳江だった。

彼女から電話が入ると、とたんに、佐伯は不機嫌になった。電話のあとで、佐伯は、いつも荒れて、怒鳴《どな》り、物を投げつけ、「殺してやる」と叫んだ。

佐伯が、金子芳江から、強請られていると、分かった。その電話のあとで、K銀行の支店長に、連絡をとっていたからである。

弥生は、怖くなって、逃げ出したのだが、佐伯が外出すると、別荘に戻って忍び込んだ。何とかして、佐伯が姉を死に追いこんだ証拠を見つけたかったからである。

しかしそれを見つける前に、警察に捕まってしまった。

証拠のほうは、警察が見つけた。死んだ野中弓枝からの何通もの手紙が見つかったのである。

その手紙を読んでいくと、佐伯が早瀬だった頃、しきりに弓枝に金を無心していることが分かる。

弓枝は、彼の才能に惚れて、親に内緒で大金を、早瀬に渡したが、そのあと、早瀬は急に冷たくなった。それだけでなく、手に入れた大金を、弓枝に返さず、そのあげく暴力に訴えたらしい。

この間の事情に、もっとも詳しかったのは、芸名一色かえでの、金子芳江だった。

一色かえでは、花形女優で、世事《せじ》にはうとい、役者バカだと思われていた。だから、彼女の前では、誰もが、平気で秘密を口にした。

ところが、彼女は、そんな団員の秘密を一つ残らず、手帳に書き留め、ボイスレコーダーに録音していたのである。

劇団卍座が、解散すると、彼女は、その手帳や録音を使って、強請りを始めた。中でも、解散後、一躍、流行作家になった佐伯は、かっこうのターゲットになった。

しかし、警察に逮捕されると、今度は、それは、佐伯秀介や野中弥生の有罪の証拠になった。

事件が全て解決した時、マスコミは、この事件を『猫と死体がタンゴ鉄道に乗った事件』と書いた。

この作品はフィクションであり、実在の個人・団体・事件などとは、いっさい関係ありません。（編集部）

二〇一二年十月　講談社ノベルス刊
二〇一五年十月　講談社文庫刊

光文社文庫

長編推理小説
十津川警部《とつがわけいぶ》 猫《ねこ》と死体《したい》はタンゴ鉄道《てつどう》に乗《の》って
著者 西村京太郎《にしむらきょうたろう》

2022年2月20日 初版1刷発行

発行者 鈴木広和
印刷 堀内印刷
製本 ナショナル製本

発行所 株式会社 光文社
〒112-8011 東京都文京区音羽1-16-6
電話 (03)5395-8149 編集部
8116 書籍販売部
8125 業務部

ISBN978-4-334-79306-7 Printed in Japan

組版 萩原印刷